まるで人だな、ルーシー

零真似

角川スニーカー文庫

20185

口絵・本文イラスト／ゆきさめ
口絵・本文デザイン／
百足屋ユウコ＋たにごめかぶと(ムシカゴグラフィクス)

contents

プロローグ

人身御供《ひとみごくう》が上り坂を駆ける。真っ赤なポーチを腰で揺らして。

勾配《こうばい》の急な山道。何年も前に乗り捨てられて色あせた軽トラックのサイドミラーを摑《つか》んで華麗なターン。

御剣《みつるぎ》乃音《のおと》は空き地に立つ。

砂と土と雑草でできた海岸近くの空き地。微《かす》かに届いていた潮騒《しおさい》を打ち消す声で御剣は言った。

「その子を放せ」

真昼の空き地のど真ん中で悪事は起きていた。

ダンプカーみたいな大きな身体《からだ》をした男と土管みたいに太い腕を持つ男と滝のように汗をかいた男に、ひとりの少女が囲まれていた。

髪は銀色。瞳は紫。高い鼻とぷっくり膨らんだ唇。日本人離れして整った顔立ち。純白のワンピースは彼女の肌を適度に露出し、夏の獣の本能を駆り立てていた。

「なんだぁボウズ？　これから楽しもうってぇのに、それを邪魔しよぉってか？」

ダンプカーが唸《うな》る。

「変な正義感は身を滅ぼすぜよ」

土管がぶつかり合う。

「そそそおそっそうでござる！　そそそそれに、なにがしか勘違いされておられる様子！我らはべつに昼間からこの女子にやまやまやましいことをしようなどとは――」

滝が流れる。

「ひとりを三人がかりで襲うなんて、ずいぶんじゃないか。それもこんな開けた場所で」

御剣は正しさに恭順する。

「僕がキミを助けるよ」

自信に満ち溢《あふ》れた言動は、彼の信念と直結していた。

「おねがいします！」

「あっ、こらっ！」

男たちに囲まれていた少女は器用に包囲を抜け出し、途中で脱げた片方のスニーカーに構うことなく御剣を頼った。小さな身体で御剣の胸に飛び込み、顔をうずめて泣き縋《すが》る。

「たすけてください……あの人たち、私を見るなり群がってきて……いっぱいいっぱい卑《ひ》猥《わい》な言葉を浴びせてきたんです……」

「ああ、わかった」

優しく頭を撫《な》でてから、御剣は少女を背中に隠した。

「なあ、ボウズぅ。おまえに勝てる相手か？」

ダンプカーが唸り続ける。

「この世にぃ生まれて三十年。ワシは喧《けん》嘩《か》に負けたことがないんだがなぁ。ボウズぅ、おまえは違うだろぉ。身体つきを見ればわかる」

中肉中背。どちらかというと色白。髪は放置して伸ばし気味。そんな髪に隠されて見えない目にガンをたれるのをやめた男たち三人は早々に御剣を囲む。

「でもまあ、正義感の代償はちゃんと身体で支払ってもらうぜよ」

土管みたいな腕がレモンイエローに染められたTシャツを摑み、グイと宙に持ち上げる。

「べ、べべっべべっにそっちの趣味はないでござるがな！」

御剣の背後で滝のように流れる汗が乾いた地面を潤した。

「……たしかに今の僕じゃ勝てない」

自《じ》嘲《ちょう》気味に鼻で笑う御剣。

「今さら後悔しても遅いんだぜぇ？」

「後悔なんてしたことないさ」

御剣は後ろ手にポーチを開ける。取り出したのは色彩豊かな立方体。

縦横二十センチの、光の当て方によって三原色にも七色にもそれ以上にも見える立方体。

鮮やか過ぎて、色が一面ごとに混ざり過ぎて、決して綺麗《きれい》には見えない立方体。

御剣はその立方体を思い切り空へ放り投げた。

「こいつらを蹴散らせ！　エキセントリックボックス！」

瞬間、立方体は真上に昇った太陽と重なり合い、強烈な一条の閃光《せんこう》で青空を切り裂いた。

世界を眩《まばゆ》い輝きが包む。

「なぁんだこれは⁉」

「目がくらむぜよ‼」

「あばばばばばば‼」

三人が騒いでいる間に光は収まり、一瞬の静寂が訪れる。

立方体は宙に浮いたままだった。

そしてそこにいる全員の視線が再び立方体に集まったとき、それは〝展開〟した。

六面はまず平面として開き、次に一面ずつの面積を拡大していく。二次元的な広がりを終えるとさらに拡大は三次元的に進み、面積は体積となった。六つの直方体は空中で螺旋《らせん》を描き、交錯し、複雑に絡まり合う。

そうして重なり、繋《つな》がり合った直方体は弾力と柔軟さを帯び、いつの間にか〝それ〟は一個の人間を模していた。

ある直方体は腕となって機能し、ある直方体は足となって動き、ある直方体は胴体となって存在し、ある直方体は幼い少女の顔となって笑った。

「スクランブル、参上！」

丸みのある四肢《しし》を目一杯広げて大の字になった少女型のボックスが後光を背負う。

変声期も迎えていない、高くてよく伸びる元気な声が地上の人間たちに降り注いだ。

あんぐり口を開けた男たち三人を置いて、彼女はフワフワと宙を泳ぐ。

推定身長百三十センチ。体重三十キロ。小学生女子一個分。

胴体となったボックスは同時に洋服の様相を呈し、見る者によってその色はオレンジとスカイブルーだったり黄緑と桃紫だったりインディゴとオラージュだったりした。ただしだれの目にも一貫してその服はパーカーとフィッシュテールスカートに見えた。足先はスニーカーとして展開している。スカートの中にある日の当たらない部分はいくら覗《のぞ》いても暗黒だった。

一方、不思議なことに少女――スクランブルの顔面はパーツから色素、肌質に至るまで精巧な幼女として構築されており、今まさに行われている空中浮遊と先刻まさに行われた幾何学的《きかがく》誕生さえなければ、おそらくその手の趣向を好む人間にとっては絶好の相手だった。

大きな金色の瞳は生命の輝きを灯《とも》し、輪郭のハッキリした鼻筋は彼女が成長した暁《あかつき》の美貌を保証している。常にやや窄《すぼ》められているアヒル口からは北風を真似《まね》た口笛が鳴り、張りのあるモチモチの肌を代表して頬袋《ほおぶくろ》は膨れていた。丸みを帯びた耳の横で金色の髪が風に揺れている。

「代償は、悲しみだけど？」

御剣の正面まで漂ってきたスクランブルが、ちっちゃな中指と親指をパチンと鳴らす。

御剣は「なんだそんなものか」と鼻で笑った。

「ああ。そいつは僕にいらないものだ」

「そっか！」

スクランブルはうれしそうにニコーッと笑って、それからストンと空き地に着地した。

一瞬スカートの前が捲《まく》れて御剣に見えたパンツは七色のストライプだった。

「ちょっとごめんね」

スクランブルは「えい」と男の太い腕をチョップした。未《いま》だ呆然《ぼうぜん》としている男はあっけなく御剣を放してしまった。御剣はよれたTシャツを直して咳払《せきばら》い。

そこでようやく我に返った三人は一斉に糾弾《きゅうだん》と強がりと怯《おび》えの言葉を並べて異分子の排除に乗り出そうとする。

しかし次の瞬間、それらは全て彼らの胃まで逆流することになる。

スクランブルが小麦色の右腕を引いた。右腕が拳《こぶし》を作った。二秒溜《た》めた。右腕が動いた。

少年の腹を幼女の拳が抉《えぐ》り、突き上げ、持ち上げた。

「どおおおおおおぉぉぉぉぉぉおおおおおおおんんんっ!!」

「ごっっはっっっっあぁあああっ!!」

血とか胃酸とか唾液《だえき》とか。とにかく口から出る液状のものは一通り吐き出して、御剣はスクランブルのピンポン玉みたいな手の上で「へ」の字になった。

幼女が少年を全力の腹パンでもって身体ごと持ち上げていた。

――ドサリ。

本当にそんな音をさせて御剣の身体は空き地に捨てられた。

――とことことこ。

遊び場を見つけた子供のように軽トラックまで走っていったスクランブルはぴょんと跳

び、荷台に腰かけて宣言した。

「じゃあ、一分間の『神代《かみしろ》』タイム、スタート！」

蹲《うずくま》っていた少年が立ち上がる。服に付いてきた砂と土を落として。

「お、おいボウズぅ……」

たじろぎ、狼狽《うろた》える男たちに向かって、御剣は声もなく笑った。

人差し指を内向きに立てて軽く何度か折り曲げる。「いいからかかってこい」と言わんばかりに。

挑発にエスカレーターよりも簡単に乗った三人が、一斉に感情任せで襲いかかった。

そして男たちは倒された。彼らが全てを忘れて意識を取り戻すのはそれから三十分後のことである。

丸められたバネが勢いよく跳ねて戻るように、直進するダンプカーはヘッドライトにもらったデコピンによって重たい身体《からだ》を宙に浮かせて反転し、もう一撃入れられて地面に沈んだ。

振り降ろされた土管はその半分ほどの大きさしかない手のひらによって受け止められ、無防備だった顎《あご》に拳を入れられ青空を舞った。

一瞬出遅れたことによってその光景を目にすることになった滝は勢いを増し、ついには水源を枯渇させて気絶した。

　とかくそうして一分どころか十秒もせず、事は解決に至った。

「これでもう大丈夫だ」

と、御剣が振り返って背後に隠していた少女に笑いかけたとき、もう少女はいなかった。

おそらく隙《すき》を見つけて逃げたのだろうと推測する。

「この場にいなくても事後処理に問題はないんだよな？」

「なんのこと？」

　スクランブルは首を傾《かし》げる。

「〝辻褄《つじつま》合わせ〟のことだよ」

「うーんと……まあ、うん」

「なんだよ歯切れが悪いな」

「乳歯しか生えてないもん」

えっへっへっ。小粋な幼女のジョークは沈黙で流された。

「もういいの？」

「ああ」

「そっか！」

しゅばっと空気を裂いて荷台から飛び降りたスクランブルはとことこ歩いて御剣の前に立つ。

差分三十センチの二人が同じ目線で向き合うには、御剣が腰を落としてやる必要があった。

ふぅーと息を吐いて曲げられた上半身。突き出された顔。

スクランブルは彼の両目にかかった前髪を指で弄《いじ》って細く固め、軽く耳にかけてやる。

金色の瞳とスカーレットカラーの瞳が互いを映し合った。

「じゃあ、乃音の悲しみをもらうね」

「ああ。これで心の軋《きし》みも減るだろう」

小さな少女の小さな両手が少年の頬《ほお》を挟み。

――――二人は愛のない口づけを交わした。

そして御剣の人間性はまたひとつエキセントリックボックスへと格納される。

数秒して。どちらからともなく唇を離す。

御剣の瞳の色が本来の栗色《くりいろ》に戻った。

「さらばっち！」

スクランブルはクルリと優雅に一回転。風にそよぐツインテールを追いかけるみたいに、彼女の身体はみるみるうちに下から上へと畳まれていった。

スニーカーが骨格を無視してぐにゃりと縦に折れ曲がり、スカートを巻き込んで脛《すね》と重なり、両腕ごと胴体を喰《く》らい、もう一度スクランブルが御剣と向き合ったときその顔も吸い込まれるみたいになくなって、悪辣《あくらつ》な団子状で宙に浮いた色彩の集合体は最後にぎゅいんと空間を歪《ゆが》める音を鳴らして縮小し、整合した。

御剣の目の前には縦横二十センチ、世界中の水彩塗料を片っ端から浴びせかけられたみたいな気味の悪い色の立方体――エキセントリックボックスがあった。

元通りの形となってすぐ重力を思い出して落ちていくそれを御剣は右手で受け止め、ポーチに納めた。

潮騒《しおさい》と一緒に夏の虫の鼓動がきこえる、八月初めのことである。

脆弱な整合性

エキセントリックボックスがなんであるかを御剣《みつるぎ》は知らない。

不思議な箱と表現するにはあまりに奇妙な点が多く、また、不思議な人間と表現するにはあまりにそれを超越し過ぎていた。

だからその立方体はたぶん、神様だとか悪魔だとか、そういうものが生み出して、正しく捨てなかった見切り品のようなものなのだろうと思う。

エキセントリックボックスは御剣の願いをなんでも叶《かな》える箱であり、いずれ御剣を破壊し尽くす箱だった。

同時に。

赤子以上に無垢《むく》で、純粋で、空白の人間であり、いずれその対極に居座り全知全能となる人間だった。

つまりそれは、物体を真似《まね》た現象であり、概念だった。

「――羊が四百十二匹。羊が四百十三匹」

ごん。ごん。ごん。

シミとキズで実質以上古く見える天井を一定の間隔でエキセントリックボックスが叩《たた》く。

御剣はベッドに仰向《あおむ》けで寝転がると、口遊びでなんとなく羊を数えながらエキセントリックボックスを投げていた。

シミはともかく、天井のキズはほとんどがこの無意味な行為によってできたものである。

今日も家に帰ってかれこれ三時間弱。べつにまだ眠る予定はない。

曇りガラスの向こうにある世界はオレンジ色に染まっていた。

エキセントリックボックスは御剣の手と天井を行き交い、影に向いた面と窓から差し込む明かりに向いた面とで色を変えた。

ふいに、ごとんと。もう何年も画面を映していないテレビの横に飾っておいた写真が倒れた。

御剣はエキセントリックボックスをベッドに置いて写真を立てかけ直す。

そこにはもう会うことのない父と、血の繋《つな》がっていない母と、二人の手を肩に置かれてぎこちなく笑う十二歳の自分がいた。

「……もうこれもいらないな」

昨日までの御剣は、この写真を見る度、胸に楔《くさび》を打たれるような気分になっていた。その楔をよこす写真を戒めか救済のように飾り続けていた。

けれどもう、その写真からなにかを訴えかけられることはなくなっていた。

悲しみはもう、なくなっていた。

御剣は部屋の隅に置いてあったゴミ袋に写真を詰めて縛る。

そして再び羊でも数えようかとベッドに向かったところで、インターホンが鳴った。

だれが来たのかはだいたい想像がついていた。

「やっほ」

玄関ドアを開けた先には真白《ましろ》セツミが両手に大きな鍋を抱えて立っていた。カートゥーンアニメのキャラクターをでかでかとあしらった黒のチュニックと真っ赤なフレアスカートの上にパステルカラーのエプロンを着けて。

差し込む夕映えに、後ろで括《くく》った黒髪が艶《つや》めいて光る。

「まーたドンドンいわせて」

「ああ、悪い」

靴を脱いだ真白が御剣の腕を潜《くぐ》って家の中へと入っていく。味けない返答に膨れる真白を通して、御剣はドアを閉めた。

「ちゃんと呼んでよね。来るから」

「ああ、悪い」

「もう」

まっすぐキッチンへ向かってコンロに鍋を置いた真白。慣れた様子でつまみを捻《ひね》って火をつけると、中のものを温めている間に食器ケースから二人分の皿を取り出す。

「ちょっと待っててね。今朝作ってたやつだから」

「ああ、助かる」

ドサリ。ベッドに腰かけ御剣が言う。

やや考えて、真白は呟《つぶや》いた。

「まあ、よし」

収納棚からパックの米を取り出し電子レンジへ投入。パックが回っている間に鍋の蓋《ふた》を開け、取り出したオタマで浅く掬《すく》い、一口。

「うん、やっぱ半日でもねかせると違うね」

漂ってくるカレーの匂いで鼻を満たしながら、御剣は手際よく調理をこなす真白をぼんやり眺めていた。

トレンカレギンスとフレアスカートの間から覗《のぞ》く細い足。手入れの行き届いた白い肌。

局部は滑らかな起伏を描きつつ、全体の印象としてはスラリとしてしとやかに見える身体《からだ》つき。大人びた優しさと子供っぽい悪戯心《いたずらごころ》を混ぜ合わせて美しさと可憐《かれん》さを抽出したような顔立ち。外見だけみても釣り合っていない関係だと思う。

では内面でなにか勝っているところがあるかと言われればかぶりを振るしかない。放っておけば外に出ているとき以外は延々羊を数え続けていかねない自分を気遣い、真白はこうしてよく食事を持ってきてくれる。食事だけではない。部屋の掃除や洗濯だって自分でやった回数より真白にやってもらったことのほうが多いだろう。夏休みに入るまでは数日おきにやってきていた真白だったが、夏休みに入ってからはほぼ毎日世話を焼いてくれている。

どうしてこんな自分と真白が交際関係にあるのか？

考えたところで、事実以上の答えは出てこなかった。

「ほら、『いただきます』するよ」

「ああ」

彼女の元気な声は暗がりの部屋を明るくしていた。

窓際に置いた小さな円卓の前に二人は座る。卓上には三対七の割合で盛りつけられたカレーライス。和風ドレッシングで和《あ》えられたカットサラダ。インスタントのスープ。よく冷えた麦茶。プラスチックの箸と銀スプーン。いずれも二人分。

スプーンを手に取りカレーを頬張《ほおば》ろうとする御剣の額が二本の指でトンと小突かれる。

「いただきます」

小突いた手に右手を合わせてそういうと、真白はサラダを口に運んで「悪くない」という顔をした。

「……いただきます」

同じようにして、カレーを食べる御剣。味はいつも通り文句なしだった。今日も全てがさりげなく、御剣の好みに合わせて作られている。

「サラダなくなったから買い足しといてね」

「ああ」

「お米も」

「うん」

「おかわりもあるから」

「うん」

「明日の朝の分も」

「ああ」

「どう?」

「え?」

御剣の手が止まる。

「味」

机に頬杖《ほおづえ》をついて真白は言葉を待っていた。

「ああ、おいしいよ」

小さく笑って、御剣は掬ったカレーを彼女の口へ放り込む。口をもぐもぐさせてごくんと飲み込むと、幸せそうに鼻を鳴らして真白は言った。

「うん。おいしい」

「そうだろ?」

自慢げにスプーンを回すと、先端に残っていたカレーがフローリングに飛んだ。実のない悪態を吐きながら真白は手近にあるティッシュでそれを拭く。御剣はそれを眺める。

御剣にはまだ味覚があった。しかし食欲はなかった。およそ一年ほど前から。

以来、御剣は〝まだ生きているため〟だけに食事をとっている。

「いつもありがとう」

御剣はおいしい〝だけ〟の料理を胃に落としながら真白に言う。

真白は驚いたようにティッシュを捨てに立った足を止めた。

「どうしたの？　急に」

「急じゃないさ。ずっと思ってたことだよ。真白は僕にとって、神様がくれた幸福そのもののみたいだ」

「またずいぶんと詩的じゃない」

茶化したのは恥ずかしかったから。白い肌が赤くなったのはうれしかったから。

「ポエミーなのはダメか？」

「ううん。むしろいい。いつもより乃音《のおと》に人間味を感じられるから」

なにげなく口をついた本音だった。照れ隠しに検閲を省きすぎたのかもしれない。

言ってすぐ、真白は後悔する。

「……ごめん、無神経だった」

「なにが？」

真白はその返事を彼の優しさだと思った。

御剣は彼女がなにを謝っているのかわからなかった。

「なんでもない」

気丈に笑って、向けられた幻の優しさに甘える真白。次はもう少し配慮のできる人間になろうと反省して、彼女は部屋の隅に置かれた可燃ゴミの袋を開ける。その中に妙なものを見つけた。

ポイとティッシュを捨てて終わりだったはずが、そのA6サイズの額縁に入れられたものが気になって、彼女はつい無遠慮にそれを拾い上げてしまうのだった。

「……ッ！」

穏やかな幻は刹那《せつな》の霧となって散り、あとには現実以上に退廃した世界が残された。あるいは全て、とっくの昔に壊れているのかもしれないと真白は思った。

「乃音……これが、なんで、ここにあるの……？」

精一杯、明るさを装う。間違いを、願う。

振り向いて、尋ねる。幼い頃からもう止しい笑い方を忘れていた少年に、捨てられていた家族写真を見せる。

「ああ、それはもういらないから」

彼女は笑えていると思っていた。それなりに上手に。写真の彼よりはうまく。

「……いらないって……モノじゃないんだよ……？」

下向きの目尻から零《こぼ》れた雫《しずく》が流星となって白くて綺麗《きれい》な世界を伝い、フローリングの地上に落ちた。

言っている意味が御剣にはわからなかった。

たしかにその写真は昨日まで御剣にとって多少なりとも特別な作用を催していた。しかしそれは特別なものだったからだ。それが今や効力を失い、特別でないものに成り果てた。だから捨てた。

とはいえ、真白を泣かせている時点で御剣にとっては自分が悪い理由になる。だから謝る。

「ああ、悪い」

御剣乃音にとって、御剣乃音以上ないがしろにしていい存在はいない。自分のことでだれかが嫌な気持ちになるのなら、それは自分のせいなのだ。エゴでも悲劇への陶酔でもなく。

心から、御剣は自《みずか》らを最小単位で見ていた。

「…………アホ！」

強く、きつく。人肌の温もりが、芯の部分で冷えた身体を抱きしめる。彼の肩を涙が濡《ぬ》らし、石鹼《せっけん》の匂いが鼻腔《びこう》をくすぐった。二人の身体がベッドにぶつかる。

ガタンと。エキセントリックボックスが床に落ちた。

「乃音のアホ！　バカ！　鉄人！　シワなし心臓！」

真白は彼の代わりに泣いていた。

「なにがあっても、乃音のほうから繋《つな》がりを切っちゃダメなんだよ……いらないからって捨てられるものじゃないんだよ……」

彼の胸に顔を埋めて心臓の音をきく。御剣がそこにいることを確かめるように。

「……乃音はもっと自分を大事にするべきだ」

真白はときどき思うのだ。御剣乃音は〝あの日〟を境にだれか別の人間と——あるいは御剣乃音を忠実に再現しようとする機械と入れ替わってしまったのではないかと。

それがありえない話だと、真白にはときどき思えなくなる。

御剣の心臓は規則正しく一秒に一回のペースで血液を送り出していた。今の真白と比べると、まるで彼の鼓動は徒競走をセレモニーの行進と勘違いしているみたいだった。

「やっぱり乃音……最近変だよ」

「ああ、悪い」

御剣は自分が変わってしまっていることを自覚していた。感覚よりも行動統計で。たしかに昨日までの自分はあの写真を捨てられないでいた。でも今日は捨てられた。ならばそこにはなにかしらの変化があったはずだ。その変化とはなにか。

わかっている。自分の心から悲しみが失われたからだ。

わかっていた。エキセントリックボックスを手に取った瞬間から、自分が変わっていくことは。エキセントリックボックスのことをなにも知らないはずの真白にその変化を指摘され、「ああ、彼女の感覚は鋭い」と御剣は感心してしまった。

しかし求められているのは感心ではない。安心だ。

「写真、捨てないでおくよ。僕が間違っていた」

御剣は真白の頭を優しく撫《な》でてから写真を拾い、元の場所に飾った。

やはりその静止画にはもうなんの感慨もなかったけれど。

「…………ねえ…………」

立ち上がった御剣の背中にトンと軽い重さが寄りかかる。腰から胸へ細い腕が伸びて身体を密着させる。柔らかい感触が御剣に伝わる。

「…………キス、しよっか」

その言葉をどれだけの勇気でもって口にしたのか、一方的な抱擁《ほうよう》に晒《さら》されている御剣には測りかねた。だから、精一杯背伸びをして、雪のように白い顔を真っ赤にして俯《うつむ》いている真白を御剣は知らない。

真白は確かめたかった。確信したかった。幼馴染《おさななじみ》の——自分の知っている御剣乃音がそこにいることを。味けない返事ばかりの彼が温かな人間性を隠し持っていることを。それから、自分に対する感情のいくつかも。

「……やめておこう」

御剣は小さな声でそう言った。彼なりに彼女のことを思って。

十五センチの間隔に沈黙が降りた。外はもう宵闇《よいやみ》だ。この薄紫は、もうすぐ黒に変わる。

「………そっか」

真白は御剣を放した。

彼女の表情が色を失《な》くしていくのを、転がった立方体だけが見つめていた。

「……じゃあ、帰るね」

「……ああ」

真白は玄関へと歩いていく。御剣はその場で立ち尽くす。

二人の間に生まれた共通の答えが、彼女を急《せ》かし、彼の足を止めていた。

「──乃音」

玄関扉を開けたところで真白が御剣を呼ぶ。そこでようやく御剣は振り向く。

「明日の夜、お鍋取りにくるから。それまでに食べといてね！」

彼女は元気に笑っていた。半開きのドアの向こうから、しわくちゃにした綺麗な顔と、
その横に垂れて揺れるポニーテールを覗かせて。

「ああ、助かる」

御剣は穏やかに笑った。少なくとも、それは心からの笑みだった。

「よろしい」

優良判定を最後にバタンとドアが閉められる。

部屋には当たり前に御剣ひとりだけが残された。

一生、一線を越えることはないのだと、あの瞬間に悟った二人の片方は皿に残されたカレーを見つめてため息を零し、片方はドアの向こうで点描の星も見ずさめざめと泣いていた。

◆

御剣がひとりの時間は長く続かなかった。

視界の隅でエキセントリックボックスが宙に浮き、ひとりでに展開を始めた。昼間と同じ要領で、彼女はすっかり暗くなった部屋に誕生した。

「スクランブル、参上！」

しゅぴーん。そんな効果音がきこえるようだった。

高くない天井に足をついて逆さまに立つ、見た目小学生の現象――スクランブル。彼女を包むマーブル模様のスカートが無防備に捲《まく》れ上がり、彼女のツインテールを後ろから丸め込んだ。

「お腹《なか》すいた！」

開口一番、いや、二番にそう言って、七色パンツの幼女は食事を要求する。

「はいはい」

いつものように座っているよう御剣はスクランブルに命じた。

「この残り食べたい！」

「好きにしろ」

「じゃあ食べる！」

クルリと縦に半回転して円卓の前に座った彼女は箸とスプーンを両手に持って、がつがつがつ！　テーブルマナーを喰《く》い殺す勢いで皿の上にあるものを片っ端から口の中へ流し込んでいく。

「乃音のもほしい！」

「好きにしろ」

「じゃあ食べる！」

スクランブルには味覚がない。ただし食欲はある。御剣から奪ったから。

食欲を奪われた日、どんな味がするかと皮肉っぽく尋ねた御剣にスクランブルは「わからない」と答え、どんな感じがするかと尋ねられると「生きている感じ」と答えた。

まったく「生」をバカにした存在だと御剣は思う。既にそこに自分も含まれていることを笑いながら。

「おかわりもほしい！」

あっという間に二人分（正確には減っていたからだいたい一人分）のカレーを平らげたスクランブルがキラキラした目で鍋を指さす。彼女の身体《からだ》とその周辺には思い切りブフシを振ったみたいに茶色いシミができていた。

「それはダメだ」

御剣には食欲がない。しかし食べなければ死んでしまう。だから明日の朝食べる分は置いておかないといけない。

「はーい！」

元気な返事を天井へ飛ばし、スクランブルは残りのサラダとスープと麦茶をひとつずつ片づけていく。

「なあ、スクランブル」

「んーっ？」

御剣は部屋の隅についたスイッチで風呂の湯を沸かしながら尋ねた。

「おまえと出会った頃と比べて、僕はどのくらい変わった？」

「えっとねー」

食べ物を胃に落とすだけの作業を止め、口許《くちもと》に手を当てながら考えること数秒。

ちっちゃな中指と親指をパチンと鳴らしてスクランブルは答えた。

「私が変わったぶんだけ変わったー」

スクランブルは時々真理を口にする。それはやはり、幼く見える彼女が同時に人智《じんち》を超越した存在であるからなのかもしれない。

昔のスクランブルと今のスクランブルはだいぶ違う。

どうやらつまり、自分は真白の言う通りけっこう変わってしまったらしい。

「じゃあ」と問いは続く。

「それが今のおまえは悲しいか？」

変わった僕が——変わった自分が——変わることが悲しいか？

「んーっ」

口許に手を当てながら考えること数秒。

スクランブルは指をパチンと鳴らして答えた。

「わかんない！」

「だろうな」

当然だ。昨日まで悲しみは僕の感情だったけれど、変わることが悲しいかどうかなんて考えてもわからなかったのだから。今日悲しみを手に入れたやつにわかるわけがない。

「食べ終わったら食器は水に浸《つ》けとけよ」

「はーい！」

脱衣所にいって服を脱ぐ。湯船に浸かって考える。

——真白とのキスを拒んだのは、本当に真白のことを思ってか？

真白はキスをするかどうかの選択を僕に委ねた。でもあのニュアンスは、たぶんキスを求めていた。

注意されて写真を捨てることは簡単にやめられたのに、せがまれたキスをできなかったのはなぜだ？

……僕は真白を愛せているのだろうか？

三年前から始まり、人身御供《ひとみごくう》として、僕を構成するいくつもの要素を支払ってきた。いつどこでなにを買ったか逐一記憶していないのと同じで、自分が今日まで願いを叶《かな》えるために差し出してきた代価の全てを記憶してはいない。

愛情は、まだ残っているのだろうか？

疑問は髪についた泡ほど簡単には洗い流せなかった。

数十分して風呂から上がると、既にスクランブルは円卓の上で縦横二十センチの立方体に戻っていた。皿は言っておいた通り全て流し台の桶《おけ》に浸けられていた。

改めて、奇妙な立方体だと思う。

願いを叶える力を与え、人に擬態し、願った人間の構成要素を奪う。感情であったり、思考パターンであったり、癖であったり。

先程それを〝代価〟と例えたが、差し出すものと願いの内容に関係はない。

些細《ささい》な願いを叶えるのに大きな代償を要求されたり、かと思えば無理難題を要求しても些細な代償で許されたりする。

願えばそれは必ず叶うが、必ずなにかを失う。エキセントリックボックスはそういうふうにできていた。

「……ひとり、か」

呟《つぶや》き、無性に寂しさを覚えた。

悲しむ心は失われても、寂しく思う気持ちは残されていた。その辺のさじ加減は曖昧《あいまい》だったりする。だからこそいつの間にか不感症になっていく自分が御剣は怖くもあった。恐怖する心もどうやらまだ残っているらしい。

御剣は窓を開けてベランダに出た。遠くないところで夏の虫の声がした。

日があるうちはなにも考えないでいられるが、月明かりはいつも鏡となって自分と向き合うことを強いる。そんなとき、御剣はよくこうして外に出る。

眼下に散在する家々からは幸せの灯《ともしび》が零《こぼ》れていた。

御剣はベランダサンダルに履き替えて視線を上にあげる。

広がる星空は、普段人見知りをする六等星さえはしゃぎたくなる美しさだった。無理なこじつけで成り立っている星座や、世界を汚して飛ぶ鉄板さえ許してやれるくらいの。

「ずいぶんと尊大な感性をしているね」

と、隣のベランダから声がした。

血よりも濃い赤に髪を染めた女性——隣の部屋に住む美大生だった。

上下紺のジャージに裸足《はだし》。死んだ魚のような目が不健康なクマを携えて、僅《わず》かに水滴を乗せた細い前髪の下で空を見ていた。ぷかーっと吐かれたタバコの煙が闇に溶ける。

彼女のベランダは四隅に植えられた植物と散らかった吸い殻でできていた。

「エスパーですか？」

御剣は柵半個分の距離をおいて尋ねる。

「感性だよ」

女性は背中を柵に預けて少しだけ外に身を乗り出した。

彼女にとって御剣は初対面である。

元々他人との適切な距離感というのを探るのが嫌いな人だったと、御剣は記憶している。

「夜にひとりで空を見るため外に出るやつは、大概世界をバカにしているもんさ」

「じゃあ、同じですね」

「そうだね。その年で私の領域にまで踏み込んでいるなんて。まったくかわいそうに」

そんな愚にもつかない言葉を並べてようやく、彼女は本来会話の頭にもってくるべき言葉を口にした。

「はじめまして。隣人くん」

「はじめまして。隣人さん」

御剣にとっては三度目の「はじめまして」だった。

「夕凪《ゆうなぎ》アリス。引きこもりの美大生さ」

夕凪は御剣の返しが気に入ったのか、柵から背中を離して代わりに片肘《かたひじ》をつく。

「御剣乃音。夏休みの高校生」

胸元まで降ろされたジャージのチャックの上では肌色の深い谷間が覗《のぞ》いていた。彼女がベランダに出るときはいつも決まって風呂上がり。裸の上にジャージだけ着て夜風に吹かれている。

わりと仲良くなった二周目――辻褄《つじつま》合わせに合う前の彼女が教えたことだった。

「高校生の時分に違う女の子を同じ日に連れ込んでるのは感心しないね」

夕凪は防音もなにもない薄い壁を剝き身《むみ》の足でトンと叩《たた》く。

「親の顔が見てみたい」

いかにも嫌味っぽいセリフをまるで嫌味っぽさなく言われたのは、これで二度目だった。

だから御剣もこれまでと同じように返す。

「親はもういないんですよ」

御剣がその事実を事実のまま伝えたことがあるのは彼女にだけである。

夕凪なら、自分のことを理解しようとして理解できないことに傷つかないから。

「ああ、そう」

夕凪はまたタバコに口をつける。

無遠慮というか、淡泊というか、御剣は彼女のそういう冷たさが好きだった。

『人の事情なんてわからないものだ。だから空虚な同情に意味はない』

以前の彼女が口にした言葉である。

御剣は夕凪に対して自分と似たなにかを感じていた。

大事な部分が欠落し、なお落とし続けている人間。空白に向かって生きているような人。無に近づいていく人。それがなぜかは彼女の言う通りわからないけれど、夕凪もまたどこかがずれた人間であることは、世俗離れした雰囲気が教えていた。

エキセントリックボックスなどなくても、人間は場合によっては〝こう〟なるようだ。

そう思うと、自分の変化も正当化できる気がした。

「一人暮らしは楽しいかい？」

「いえ、特には」

「自堕落な引きこもり生活はなかなかだよ」

ふっふっふっ。夕凪は喉《のど》の奥でおかしそうに笑ってクルリとタバコを回した。

「タバコ、やめたほうがいいですよ」

「むっ」

会話の流れそのままに注意され、楽しそうに煙を吹かしていた夕凪が途端に「つまらない」と鼻でため息をついた。

「がっかりだな、隣人くん。キミはそういう当然のことを口にしないやつだと、この一分少々で勝手に思っていた」

「べつにタバコはいいんですけどね。すぐうっかり火種落としちゃったりするんですから。火傷跡《やけどあと》とか残ったら嫌でしょう？　一応、女の子なんだし」

「安易なキャラ付けはやめてほしいな。隣人くんも勝手な思い違いはよくないよ。自堕落なお姉さんにドジッ子属性は含まれない。それは隣人くんの趣味かな？」

「さあ？」

惚《とぼ》けながら、御剣はそういう部分が真白にあるのか考えてみた。

気立てが良く、僕のために泣いてくれる真白。

カレーを残して去ったのはドジなのか。そんな単純な話ではない気がする。彼女に理由を見出《みいだ》そうとすること自体が間違っている気がする。

「おや？」

と、惚けたきり黙り込んだ御剣の顔を夕凪がおもしろそうに覗く。

「思い当たる節でもあったかい？」

「そうだといいんですけどね」

御剣がそう答えたとき、夕凪が疎《おろそ》かにしていた手元から滑るように夕バコが落ちた。

「あっつ!!」

諦観色の余裕を纏《まと》っていた夕凪が跳ね、ジュウッと炙《あぶ》られた足を抱える。足には明日青く変わるであろう赤い炎症ができていた。

「言わんこっちゃない」

慌てた様子で自分の足をふうふう冷ます彼女は、自身の輝かせ方さえ知っていればもっと可憐《かれん》に見えると思う。外見のパーツひとつひとつは決して悪くはない。

吊《つ》り上《あが》った目は繊細な線を描き、スッと通った鼻筋は彼女の人生観とも通じる芯を窺《うかが》わせる。肉厚な唇ときめ細やかな肌。扇情的な流線形の脚線。熱や痛みに晒《さら》されたときにだけ見せる子供のような反応。

足先だろうと、火傷跡を残すのはやはり忍びなかった。

「なんてことはないさ。私の唾《つば》と吐息の甘美な魔法でこんなのは治る」

「じゃあその魔法は、いつか僕にかけてください」

御剣が右手を広げる。意志をもってまっすぐ部屋から飛んできた立方体がその中にピタリと納まった。

夕凪が抱えた足をストンと落として、ほんの少し驚きを表情にする。

「彼女の火傷を治せ。エキセントリックボックス」

夜空に放られた、今は冷色のエキセントリックボックスが夜空を真っ白な閃光《せんこう》で染める。

星も月も街灯も、閃光は全部を飲み込んだ。

そして世界が色を取り戻したとき、宙に制止した箱は崩れて少女の姿に再構築される。

「スクランブル、参上！」

今回はダブルピースで参上したスクランブル。

彼女は細い柵の上に舞い降りてアンバランスを楽しみながら確認する。

「代償は、キスのうまさだけど？」

御剣は「なんだそんなものがあったのか」と鼻で笑った。

「ああ。そいつは僕にいらないものだ」

「そっか！」

スクランブルはうれしそうにニコーッと笑って、柵からベランダに飛び降りた。

「じゃあ、いくよ？」

「ああ」

「オッス！」

スクランブルは両手をない胸の前で構えた。腰を捻《ひね》り、その片方を御剣の腹へ捩《ね》じ込む。

「どおおおおおぉぉぉぉぉぉおおおおおおんんんっ!!」

「ごっっはっっっぁあああああっ!!」

御剣はスクランブルのピンポン玉みたいな手の上で「く」の字になった。

同時に今回の願いの叶《かな》え方を理解した。前の二回と同じ要領だった。

「じゃあ、一分間の『神代《かみしろ》』タイム、スタート！」

伸びた髪の奥で瞳を赤くした御剣が、軽く助走をつけてひょいと向こうのベランダまで跳んだ。手を柵につき、両足を投げ出して、七階の上空——幅一メートル、高さ二十メートルの空間を渡る。

トン、と命ごと隣のベランダに着地した御剣は、足下に散らばった吸い殻を見て「はあ」と息を吐いた。

「隣人くん……キミは被虐願望でもあるのかい？」

「あれが僕にとっての魔法を使う準備なだけですよ」

「………魔法、ねえ」

御剣の背後には、仰向《あおむ》けになり、柵で身体《からだ》をU字に曲げて遊ぶ幼女がいた。頭に血が上る感覚や手を伸ばしても届かない星を見てキャッキャとはしゃいでいる。

「まあ、そういうこともあるんだろうね」

夕凪はいつも順応が早かった。

〝あれ〟がなんであるか、考えたところで理解できない手合いのものだと悟ったから。

他人の事情や自分の未来を思ったとき、「どうせわからない」とすぐに諦め相対することをやめてきた彼女だからこそ、現象として存在するあの箱を見てもそれを現象以上には捉《とら》えなかった。

――隣人くんがそういうのなら、きっと本当に魔法が使えるのだろう。そう見切りをつけて、彼女は尋ねる。

「それで？　まさか私の火傷を治すためだけにその魔法とやらを使うのかい？」

「はい。僕は他人を助けるために生きてますから」

迷いなく。曇りなく。御剣は彼女の嘲笑《ちょうしょう》とまっすぐ向き合ってそういった。

「おいおい、夜の冗談は恋の話より笑えないよ」

間になにも介さない距離で、彼女は困ったように向けられた感情を笑う。

「私の、この？　ちょっと熱かっただけの、痛み？　痕跡？　そういうのを取り除いて、隣人くんになんの得がある？　恩を着せるには相手もタイミングも悪すぎるよ」

「そうですね」

「だったら美辞麗句で行為を飾りたてるのはやめようじゃないか。私はその『人助け』ってやつが一番嫌いなんだ。その次が『無償の奉仕』でその次が『ボランティア』だ。『無料』と『施し』はわりと好きだけどね」

「それでも僕はあなたが困った瞬間にあなたを助けますよ。いつでも、どこでも」

「わからないやつだな」

夕凪は幻滅する。

他人にしばらく評価をつけていなかった彼女にとって、それは久しぶりの感情だった。

「夜に星を眺めようとするやつはもう少し賢いものだと思っていた。正しくない世界を正しくバカにした者同士、私たちはもうちょっとうまい関係を築けると思っていた。隣人くんは『助ける』なんて浅慮な言葉だけは使わないと勝手に思っていた」

自分でも急に饒舌《じょうぜつ》になったなと夕凪は思う。もしかしたら自分と同じように歪《ゆが》んだ人間を見つけてうれしかったのかもしれないと夕凪は思う。彼が急に正しくなって、傷つきはせずとも悲しくなったのかもしれないと夕凪は思う。

「人の事情なんてわからないものだ。だから空虚な同情に意味はない」

「……」

夕凪のよく回っていた舌が止まった。

それは本来彼女の言葉であり、彼女の生き方だった。世界をバカにしてずれた人間の信条だった。

「僕は僕の事情で人を助ける。目の前に襲われている人がいれば自分が死ぬことになっても助けるし、子供が風船を飛ばせば宇宙までだって手を伸ばす。人を助けることだけが、僕の生きている理由だから」

御剣乃音は人身御供《ひとみごくう》としてその身を捧《ささ》げ、他人を助ける。そのために生きている。

「わからないでしょう？　わからないことは、あなたらしく、わかろうとしなくていいんですよ。隣人さん」

「……ああ。ちっともわからない。けれどべつのことはハッキリとわかった」

——御剣乃音はこれ以上ないほどずれている。身に余る矛盾を抱えて。

「足を出してください」

「……ふん」

夕凪は不満そうに鼻を鳴らしつつ、言われた通り焦げ跡のついた白い足を上げて、すっと御剣の前に差し出した。

「拒まないんですね」

「魔法がどんなものか見てやろうと思っただけだよ」

そう強がりながら、夕凪は星空と街灯に群がる虫を見ていた。

それに気づかないフリをして、ほんの少し頬《ほお》を赤くしている彼女に御剣は魔法をかける。

「——いたいのいたいの、とんでいけ」

人差し指が傷口の上で三度回ってそのまま夜の向こうへ流された。

既に冷めていた夕凪の足先から、赤い炎症痕が消えていく。

「へえ」

彼女は淡泊に思ったことを口にする。

「……気持ち悪いな」

「それ、じつは三度目のセリフだったりするんですけどね」

「私とキミが、もう三度会っていると。そういうことかい？」

「さあ？」

「隠すねぇー。もしそういうことなら、どうせ私の記憶が消えたり書き換えられたりするんだろう？」

「いつも鋭いですね」

「一度目と二度目はなににその力を使ったんだい？」

「三回とも、タバコの不始末ですよ」

「なるほどね」

ふっふっふっ。世界をバカにした笑い声が地上に落下した。

「道理で隣人くん――キミを見たとき、声をかけたくなったわけだ。既視感とでもいうのかな？」

「最初からあなたはそんな感じでしたよ。タバコの落とし方も」

「好きなんだけどね。慣れないんだ」

「べつのことを好きになって、やめたほうがいいですよ。それかちゃんと靴を履くか」

「説教しても無駄だよ。綺麗《きれい》さっぱり忘れてやるから」

「でしょうね」

御剣は来たときと同じように柵を跳んで自分のベランダに戻る。吸い殻どころか目立つゴミひとつないその場所は、悲しくはないけれど、少し寂しく思えた。なんだか先の自分を見ているようで。

「いっぷーん！」

ふざけた調子のタイマーが鳴り、干されていたスクランブルが柵から外に転がり落ちる。間もなく御剣と同じ高さまで浮き上がって彼女は宙で制止した。

御剣の瞳が栗色《くりいろ》に戻る。

「またあなたが困ったら、僕が勝手に助けますよ」

「なるほど。私になにかあると、他人を助けたいという隣人くんの願いを結果的に叶えることになるのか。それがどんなに些細《ささい》なことでも。隣人くんは私を無償で助け、私はそんな隣人くんを無償で助けてしまっているのか」

「そうですね」

先にスクランブルを部屋に入れ、自分もそうしようと御剣が半分段を跨《また》いだときだった。

「ねえ、隣人くん」

ぶつぶつと呟《つぶや》いていた夕凪が状況の咀嚼《そしゃく》をやめ、御剣を呼んだ。御剣は振り返って右半分の顔で彼女を見る。

「この関係、最高に気持ち悪いね」

至上の蜜を蓄えた花のような。清流に反射する月光のような。

慈悲そのもののような微笑《ほほえ》みで、彼女は潑剌《はつらつ》とそう言った。

「そうですね」

御剣は苦笑して窓を閉める。そして。

「じゃあ、キスのうまさをもらうね」

「ああ」

御剣とスクランブルは愛のない口づけを交わした。

自分が築いている関係は、人間味のない気持ち悪い関係なのだろうと御剣は思った。

「さらばっち！」

スクランブルはまたエキセントリックボックスとして縦横二十センチの立方体に戻った。

「……今日は少し喋《しゃべ》りすぎたかな」

口許《くちもと》を軽く拭い、御剣はベッドに倒れた。そのまま習慣でエキセントリックボックスを天井に投げようとして、やめる。また真白になにか言われたくない。

「羊が一匹。羊が二匹………」

御剣はエキセントリックボックスを放して眠ることにした。

食事をして、風呂に入ったら、あとは眠るだけだ。

午後十時。羊が三百匹精肉された頃、御剣は目を閉じて今日の活動を終えた。

だから彼は知らない。遠くない場所で一瞬、夜が降ろした闇を裂く真っ黒な閃光《せんこう》が蛇のように走り、欠けた月と重なったことを。

背中を向けた合同図形

それが夢であることはすぐに察しがついた。

毎夜見る夢だ。もはやこの夢を見るまでが、御剣《みつるぎ》にとってルーチン化された一日に組み込まれているといっていい。

適度に脚色された過去をなぞる、ありがちな夢だった。

そこは暖色の照明に染められたリビング。木目を晒《さら》した壁と、古いことが逆に好まれるような家具。一方で、時代を語るテレビや食器洗浄機も完備されそれぞれの役目を果たしていた。揺り籠《かご》の様相を呈して前後するイスには年相応に色を落とした髪の父がいて、テレビが映すアニメーションを時折無粋な実況を挟んで見ていた。薄いメイクで料理を運ぶ若い母がその実況を皮肉り小さな笑いに変える。

床にごろ寝で読書をしていた少年も父に呼ばれてイスに座った。

「いただきます」

三人が同じタイミングで手を合わせ、会話の線が入り乱れながら食事が進む。

父が恍《とぼ》け、母が呆《あき》れ、少年が少し顔をひきつらせて笑う。

家族はいくつかの込み入った事情を抱えていた。それでもこの光景は、そこそこに幸せの形を描いていたのかもしれないと、十二歳の自分をテレビの中から客観視していつも御剣は思う。

込み入った事情というのはどこの家族にもあるものだ。

御剣家の場合、例えばそれは父の仕事であり、母の立場だった。

父がなんの仕事をしているのか、少年は詳しく知らなかった。ただ、あまり人に言えない仕事だということは理解していた。

母は少年にとって二人目の母だった。

けれどどちらも、それが少年にとって、あるいは家族にとって、永遠に埋まらない溝になるとは思えなかった。なぜか多額のお金を持っている父と、やたら芝居じみた幸せを醸し出す母に対して少年の心はまだどう関わっていいかわからず揺れていたが、その揺れもいつか収まると、少年は漠然と思っていた。

少年はそこそこに幸せだった。

しかし御剣は知っている。これはその幸せが壊れるまでを抽出して再現した夢なのだと。

季節は瞬《まばた》きの内に流れる。

「──乃音《のおと》！」

肩から血を流した父が青い顔をして玄関を開ける。父は妻よりも先に少年を抱きかかえると家の地下に作っておいた蔵に入っていった。広くも狭くもない、大量の埃《ほこり》だけが舞う灰色の蔵で、父は血の気の引いた顔で笑って少年に言う。

「羊が千匹出荷されるまでここから出るんじゃないぞ」

少年は事情の半分もわからないまま頷《うなず》いた。父は立てかけたはしごを上って蔵から出ると天井の四角い扉を閉めた。母が蔵に入ってくることはなかった。

灰色の空間が光を失い真っ暗になった。冷たさと埃っぽさだけを感じるその場所で背中を地面につけ、少年は言われた通り羊を数える。

「……羊が一匹。羊が二匹」

心臓がいつもより速く動いている。涼しいのにじっとりぬるい汗をかく。眠れる気配はなかった。喉《のど》を鳴らして泣きながら小さな声で羊百匹を数える少年を、御剣は真っ暗な空間から見ていた。見えないはずなのに見ていた。これが脚色。

蔵まで届く銃声がしたのはそれからすぐ。

続けざまに三発の銃声。間もなく三つの足音が天井を走った。

一人目の銃弾に閉じていた目をかっ開かれ、二人目の銃弾に心臓を締めつけられ、三人目の銃弾に嘲笑《ちょうしょう》された少年は蔵の中で震える。

どうして自分はひとり、こんなところにいるのだろう?

父の仕事がトラブルを家まで運んできたのはわかっていた。父は自分の仕事については明かさなかったが、〝こういうとき〟どうすればいいかは早くに教えてくれていた。

――ただ隠れていればいい。

そう。自分はただ隠れていればいい。だから隠れている。この行動は正しいのだ。でもわからない。正しいことをしていれば自分は幸せになれるのかわからない。

今までこういうことは起きたことがなかったから。

羊を千匹数えたら、父と母はまたそこそこの幸せを与えてくれるだろうか? いつかはそれがこの上ない幸せに変わるだろうか? 自分がなにもしなくても、父と母は変わらず傍《そば》に居続けてくれるだろうか?

「羊が百四匹。羊が百五匹……」

父はよくない人だったのかもしれない。母を本当の母とは呼べないのかもしれない。

それでも、二人は自分にとって〝いい親〟であろうとしてくれていた。

母は母として血の繋《つな》がっていない自分を育て、父は父として自分を守ってくれている。

「羊が百六。羊が百七……！」

助けたい。けれど子供の自分になにができる？　この蔵を飛び出してなにができる？

「羊が百八。羊がひゃっ、く、きゅうっ」

闇の中で少年の歯がガチガチと互いを叩《たた》き合う。上の歯が「臆病者！」と罵《ののし》れば、下の歯が「恩知らず！」と怒鳴る。

自分が殺されるようなことがあってはならない。父さんと母さんが悲しむから。

少なくともこのときの御剣は、まだそういう考え方をしていた。

けれど同時に、自分などかなぐり捨てて助けたいとも、腹の底から思っていた。

「羊が……」

と。羊が百十匹を数えたとき、〝それ〟は突然少年の前に現れた。

前兆もなく、気配もなく。音もなく、匂いもなく。〝それ〟はまるで最初からそこにあったみたいにハッキリと、密閉された闇の中で浮いていた。これも一応脚色。正確には、光のひとつもない場所でそれは完全に闇と同化し、少年の目はその箱を箱としては映さなかった。けれどたしかに「そこになにかが現れた」という感覚はあった。

そして闇に慣れた少年の目の前で、〝それ〟は一瞬網膜を焼き尽くさんばかりの眩《まばゆ》い白光を放ち、人型に展開する。

推定身長百三十センチ。少年よりいくらか小さい少女となった〝それ〟が口を開く。

「御剣乃音様。あなたは人身御供《ひとみごくう》に選ばれました」

〝それ〟は少年の理解を待たずに語る。

「私はあなたの願いを叶《かな》える立方体――エキセントリックボックスです。私は願われれば、一分間、あなたに願いを叶えるための力を与えることができます」

夢でも見ているのかと少年は思った。しかし夢にしては胸の動悸《どうき》がやけにリアルだった。

〝それ〟は声変わりも知らない少女の音色で語る。いやに丁寧な、人間味のない言葉を使って。

「ただし代償として、あなたを構成する諸要素の中から毎回ひとつを抽出し、私に捧《ささ》げていただきます。あなたには毎度その要素を手放すかどうか、選択の機会が与えられます。拒めばその要素を失うことはありませんが、力を与えることもできません。また、抽出する要素は毎回ランダムに選ばれますが、力を放棄したからといってその順番が変わることはありません」

この辺りで少年は頭から「なぜ」を排除する。闇から零《こぼ》れる言葉に全神経を傾ける。

「なお、あらかじめ申し上げておきますと、あらゆる願いの中で『死んだ人間を生き返らせる』ことだけはできませんのでご注意ください。加えて、力を行使する場合、あなたが代償を支払うと同時に、行使される側の記憶からあなたの存在を消させていただきます」

テキストを入力された機械のようにペラペラと抑揚のない喋《しゃべ》り方で最低限の情報を明かした〝それ〟は、「さて」と。

一拍の間を挟むことで一方的で事務的な話を切り上げる。

「なにか質問はございますか？」

示し合わせたみたいに、天井で新たな銃声が鳴った。

どうやってここに入ってきた？　どうして名前を知っている？　エキセントリックボックスとは？　人身御供とは？　おまえはいったいだれなんだ？

「なにか」ときかれて「これだ」と絞るには多すぎる、きくべきことがあった。

しかし少年は十二歳にして知っていた。時間は有限であることを。それは病死した一人目の母が身をもって教えてくれたことだった。

『死んだ人間を生き返らせることはできない』

ならば些細《ささい》な疑問は大きな願いの足枷《あしかせ》となる。

「その力は……」

と、少年は問う。

「その力は……人を助けられるの？」

「はい」

と、少女は答える。

――――こうして運命の輪は歪《ゆが》んだ。

「なら僕は助けたい！　父さんと、母さんを！」

「ではそのための力を授《さず》けます」

少女は一歩、少年に近づいた。

闇は深く、やはりその姿が少年には見えない。

「代償は打算感情になりますが？」

「なんだそんなものか」と少年は言う。

「ああ。それは僕にいらない」

「かしこまりました」

軽く首を垂れて少女は言う。

「では、失礼します」

次の瞬間、少女から繰り出されたとは思えない力の一撃が少年の腹を抉《えぐ》り、その身体《からだ》を吹き飛ばして蔵の壁に叩きつけた。高圧電流に触れたみたいな痛みが全身に走る。

「あっが、はあっ!!」

少年は涙と嗚咽《おえつ》を垂れ流しながら、自身の内側で蠢《うごめ》く変化を感じていた。

——これなら、いける。

立ち上がり、はしごを駆け上り、少年は天井の扉を押し開けた。

暖色の光が闇を暴く。

拳銃を携えた黒服の男が三人。いずれも屈強な身体つき。銃口の先には父と母。互いに胸から床に血を流して倒れている。

「では、一分間の『神代《かみしろ》』タイムを始めます」

蔵から幼い声がして、少年の瞳が真っ赤に染まった。

少年は土石流のように込み上げてくる雑多な感情を叫びに変えて男たちに跳びかかった。なんの躊躇《ためら》いもなくトリガーが引かれ、少年は弾丸を肩に撃ち込まれる。

弾丸が皮膚を貫くことはなく、プラスチックに弾かれたみたいに跳弾して壁を抉った。

一瞬怯《ひる》む男。少年は男から拳銃を奪い、男の顎《あご》に銃口を突きつけると即座に引き金を引く。鮮血を撒《ま》き散らしながら弾丸の勢いに押され倒れる男。

そのようにして、残り二人もあっけなく十二歳の子供に命を奪われた。

死体の上にそれぞれの銃を投げ捨て、少年は視界を遮る血飛沫《ちしぶき》だけを拭う。

「父さん！　母さん！」

驚異の撃退を終え、両親の傍《そば》へ。

「……乃音……？」

二人は今にも消えてしまいそうな命の灯《ともしび》を燻《くゆ》らせて我が子を見つめる。その「生」を尊びながら、違和感を覚えずにはいられない。

この——血で濡れた子はいったいだれなのだろう……？

「今助けるから！」

少年は二人の胸に手を翳《かざ》す。

傷はみるみるうちに塞がり、あっという間に二人の顔には生気が戻った。

「乃音！」

母は違和感ごと息子を抱きしめた。一瞬遅れて、父も。

——助けられた。少年は愛の温もりの中で充足する。

「逃げよう。三人で」

父が言う。

「ごめんね乃音。怖い思いをさせて」

母が言う。

「………………」

ああ。これは幸せへの逃避なのだろうと少年は思った。

「一分です」

と、「生」を噛《か》みしめる三人の間に割って入った少女。金色の髪に金色の瞳。朝を夕日で焼いたような色の服。小さな身体でスクリと立つ少女を見て、驚くくらいにイメージ通りの姿だと少年は笑った。

警戒と撃退の姿勢を見せる両親を少年は宥《なだ》める。

「この子はたぶん、大丈夫だから」

自分たちをどうにかして救った息子に言われれば、二人は鵜呑《うの》みにするしかなかった。

「では、打算感情をいただきます」

少年は自分を見下ろす少女に向かって頷《うなず》く。抵抗する気はなかった。元々そういう条件で、人から外れた力をもらったのだ。これから自分はなにやら特別なことをされて、与えられた力と感情を奪われるのだろう。

「父さん、母さん」

少年は最後に打算する。損得の換算をする。

「この家族は、幸せなのかな？」

尋ねることで換算する。

「これから幸せになればいい」

そう、父と母が答えた。

「……そうだね」

そう思えるのなら、二人はこれから幸せに向かって進めるのだろう。ならば僕の選択は正しかった。

このとき、人生最後の損得勘定によって決定づけられた。

少年にとっての得とは――幸せとは――他人を幸せにすることなのだと。

少女の唇が自分のそれと重なる。

そこには驚きがあった。そこには羞恥《しゅうち》があった。そしてそこには納得があった。授《さず》けられた能力と一緒に、自分の打算感情が奪われていくのがわかる。父と母は茫然《ぼうぜん》とその様を見つめていた。

「では、また会う日まで」

少女は口づけをやめるとそう言い残し、ぎゅいんと空間ごと巻き込むように収縮し、縦横二十センチの立方体へと姿を変えた。

同時に少年を圧倒的な暴力が襲う。

父の殴打によって鼓膜《こまく》が裂け、母の絶叫は酷《ひど》く遠くできこえた。

「だれだ貴様は⁉」

「血塗《ちまみ》れの子供をよこしてくるなんて！」

少年は意識が飛んでからもしばらく殴られ、蹴られ続けた。

御剣は落ちた家族写真の上でそれを眺めていた。

少年が目を覚ましたとき、そこに父と母の姿はなかった。どうやら無事に逃げたらしい。

記憶を消された父の暴力は六月の雨のようで。母の冷たさは年老いた金属のようだった。

こうなることが、少年にはわかっていた。少女の言葉は途中から咀嚼《そしゃく》できなくなったが、
それを噛んで小さくできないまま飲み込んだ少年には、両親を助けたいと願ったことによって自分の存在が両親の中から抜け落ちることがわかっていた。

血に濡れた見ず知らずの子供が突然目の前に現れたら、だれだってそれを排除しようとする。決して「どうしたの？」とは尋ねない。ましてや二人のように、脅威に追われている人間ならそんな余裕はない。だからこうなることは必然だった。

「……いたいなあ……いたい、なぁ……っ」

わかっていて、わかっていた通りになって、少年は泣き続けた。

身体が、心が痛くて泣き続けた。

もう二人が自分を愛してはくれないことに泣いた。幸せを自《みずか》ら断ち切ったことに泣いた。

そうすることしかできなかったことに泣いた。血に塗れて痣《あざ》を作った十二歳は、小さな身体を丸めて泣いた。心臓を握りしめて泣いていた。

動きさえしなければ、御剣には地に伏した少年が名も知らぬ三人の死骸《しがい》と同じに見えた。

過去と未来。いろいろを思って少年は泣いた。

けれどたったひとつ、現在を思って泣くことはなかった。

痛みを感じて泣いた。もう家族がいないことに泣いた。でも。その状況を「不幸」だと思って泣くことはなかった。できなかった。奪われた打算には、彼の中にあった他人と比べるものさしも含まれていた。

彼は先を、あるいは昔を思って泣いたけれど、現状を嘆くことはなかった。

少年は、自分が今「不幸」であるということを実感できないでいた。

だから少年は存分に泣いてから行動を開始する。「幸せ」になるための行動を開始する。

彼は「不幸」がなにかは知らないけれど、「幸せ」がなにかは知っていた。それは感情と直結する。

自分などかなぐり捨てて人を助けたい。蔵で腹の底から思ったことだった。

そうすることで悲しむ人はもういない。ならば自分が擦り切れるまで人を助けられる。

少年は——御剣乃音は決意した。志した。人を助けるために生きることを。

打算のない御剣にとって「人助け」とは無償の奉仕を意味していた。

こうして彼の、自分を最低限に置いた人生が始まる。

それは御剣にとって「幸せ」な人生の始まりだった。

「けれどここで夢は終わらない」

御剣は夢で人生を追体験する。それはなにも印象的な一日だけではない。

御剣は夢で千日の旅をする。眠る前日までを超濃縮して再現した夢を見る。

だからこの話は脚色。両親との別離も、御剣の夢では一秒以下の出来事。

〝家庭の事情〟でひとりになった彼に以前より優しく接してくれるようになった真白《ましろ》。

徐々に人間味を帯びた喋《しゃべ》り方になっていくエキセントリックボックス。

次第に同じ行動を繰り返すようになって人間味を失っていく自分。

エキセントリックボックスに譲渡した要素が主から忘れられることを拒んでいるみたいに、夢は過去の再現を繰り返す。

だんだんと無感動になり、無感情になっていく自分を眺める御剣。しかし擦り減っていく自分の傍にはいつも、救われた人間がいた。テストの答案用紙に花丸をもらった中学の同級生。不倫関係を解消できた担任教師。迷子だった飼い犬を抱く老婆。空まで飛ばしてしまった風船を手にする子供。全員笑顔だった。それを見るだけで御剣は「幸せ」に近づいている気がした。

――そういえば、昨日の少女はどこへいったのだろう？

そんな疑問を抱《いだ》くまで夢は現在に近づき、そして。

夢の御剣が眠ると同時に現実の御剣は目を覚ました。

「……なにをしてるんだ？」

身体《からだ》にのしかかる重量感、小学生女子一個分。

ベッドで眠る御剣の腰に跨《またが》ったスクランブルがにゅっと顔を近づける。

金色のツインテールが重力通りに垂れて互いの頰《ほお》を包んだ。

「キスしてみたい！」

開口一番。起き抜けの要求だった。

今か今かと許しを待ち望んで金色の瞳が輝いている。

ため息ひとつ。御剣は羞恥心のない少女を降ろす。

緩慢な動作でベッドから転がり出て、キッチンの鍋を火にかけた。

「ダメだ」

「えー！　なんでなんで⁉」

すっかり少女としての口ぶりが板についた彼女は、構われたがる子供のようにグイグイと御剣の袖を引っ張る。

ずいぶん変わったなと、毎日のように御剣は思う。

出会った頃はあんなに丁寧な、人らしくない喋り方をしていたのに。

――スクランブル。箱型のときと人型のときを区別するため、彼は彼女をそう呼ぶことにした。

名前に特に意味はない。枕や鏡という名前に識別記号として以上の意味がないように。その名前にもなにか特別な想いを込めたりはしていない。渦を巻いているから渦巻き。茶葉から抽出したからお茶。たぶん安直さはそれ以上。

あの日読んでいた本の章題がスクランブル。だから少女はスクランブル。

「なんでキスしちゃいけないのー？」

御剣はカーテンを開けて湿気《しけ》た部屋に日光を入れる。

スクランブルの服がまた趣味の悪い七色に変わった。

「僕がしたくないからさ」

スクランブルは出会って一年もすると、こうしてわからないことはすぐにきいてくるようになった。普通ならきくまでもなく感覚でわかるはずのことでも、彼女にはその感覚が欠落しているケースが多い。

「キスっていうのは、お互いに好きじゃないとしちゃいけないんだよ」

「乃音は私のこと嫌いなの？」

スクランブルは剝《む》き身《み》で疑問を口にする。傷つく心がないから。

その様はまるで、戦場で鎧《よろい》が邪魔だと脱ぎ捨てる兵士のよう。

「おまえは僕のことが好きなのか？」

「うーん……」

口に手を当てて唸《うな》ること数秒。指をパチンと鳴らしてスクランブルは答える。

「わかんない！」

少女は無垢《むく》に御剣を見上げる。「好き」がなにか教えてほしいと見上げる。

彼女は御剣から様々な要素を奪ってきたが、まだ羞恥心も愛情も教えてもらってはいなかった。それはまだ御剣のほうが持っていた。

「わからないならキスはしちゃいけないんだ」

「でもでもでも！」

スクランブルは食い下がる。

「『神代《かみしろ》』タイムのあと、いつもしてるよ？」

「あれはキスじゃない」

「じゃあなに？」

「契約だ」

自分を構成する要素を差し出す条件を飲み、一分間『神代』と呼ばれる特別な力を扱える状態になれる。『神代』が終わると口づけをして、条件通り要素を差し出す。この一連を人身御供《ひとみごくう》の契約と呼ぶ。

打算。悲しみ。キスのうまさ。エトセトラ。御剣の失った要素は全てスクランブルに還元されていた。御剣が人間味を失えば失うだけ、スクランブルは人間に近づく。要素と力を交換する——それが人身御供とエキセントリックボックスの関係だ。

「契約はキスじゃないんだ」

「でも、キスしてるよ？」

やれやれ。御剣は理屈で戦うのをやめた。

「僕は願いを叶《かな》えてもらうとき以外、おまえとキスをしたくないんだ」

「私が嫌いだから？」

「他に好きな人がいるからだよ」

真白を愛している以上、戯《たわむ》れのキスをしてはいけない。それは真白を傷つけるから。

「はーい」

つまらなそうに返事をして、スクランブルは円卓の前に座った。

真白に作ってもらったカレーを幅の広い皿によそい、レンジで温めたごはんを放り込む。

「いただきます」

「いただきます」

二人はパンと手を合わせた。

■

食事を終えたスクランブルは「ごちそうさま」をして箱に戻った。呼び出されるまで基本的にはこうして箱の姿でいるスクランブルだが、いくつかの感情を手にしてからは時折自分から少女の姿となって御剣とのコミュニケーションを図っている。

御剣から他の人間がいる前では自主的な展開をしないよう制限されているため、普段スクランブルが自分から話しかけられる相手は御剣しかいない。

『――がしたい』『――について教えてほしい』

口をつくのはだいたいそんな要求だ。

常に彼女の自発は彼女のために促される。

「ごちそうさま」

御剣は自分の皿を水に浸《つ》けると着替えを済ませて部屋を出る。いつものポーチに財布とエキセントリックボックスをしまって。

朝十時。平日の外は喧噪《けんそう》を早い時間に吐き出していて、きこえてくるのはセミの鳴き声ばかり。

隣の七一二号室に視線をやる。ポストには新聞や広告が押し合いながら溜《た》まっていた。相変わらず部屋の中からは物音ひとつせず、煤《すす》けた扉が開かれるところを御剣は見たことがなかった。

「昼夜逆転してるんだろうな」

御剣は階段を使って一番下まで降りる。

天井端に蜘蛛《くも》の巣が張った狭い通路を抜け、錆《さ》びた屋根つきの駐輪場を横目に、街へ。

「乃音ー!」

いこうとしたところで、空からよく通る声がした。振り返って見上げると、十四階建てのマンションの中腹で、制服姿の真白が元気に手を振っていた。シワひとつない三分丈のセーラーが太陽に光る。胸のリボンをひらひらと揺らして。

今日は朝から吹奏楽部の活動らしい。

なんとなく手を振り返す御剣。

「カレー食べた？」

「ああ」

「じゃあ片づけるから、部屋開けて」

大きなジェスチャーは下からでもよくわかった。

「開いてる」

「カギは閉めなっていつも言ってるでしょー！」

「ああ、悪い」

「もう」

膨れながらも、やがて諦めたように笑い、

「じゃあ、勝手に入ってやっとくからね」

真白は階段を使って八階から七階へと降りていった。

「ああ」

見えなくなった背中に声を飛ばす。

真白は御剣と同じく高校生になってから一人暮らしを始めた。学校は御剣と違うが、ここからでも十分通える距離だという。

御剣には、真白がなぜ実家を離れて県外の高校に進学したのかわからなかった。御剣の場合は簡単である。あの家にいたくなかったからだ。

あの家にいると、ときどきわけもわからず悲しくなったから。

真白はなぜこのマンションを選んだのだろうか？

「……人の事情なんてわからないもの、か」

早々に見切りをつけ、御剣は踵《きびす》を返した。

■

御剣の一日は定型化されていた。パターンは、学校にいくケースと学校にいかないケースの二つだ。夏休みの間は学校にいかないパターンで行動する。

朝起きると朝食を済ませ、昼前になると家を出る。このとき選べる行き先は二つだ。潮《しお》騒《さい》を運ぶ海岸と、人で賑《にぎ》わう商店街。

今日の御剣は街へ向かっていた。銀行で金を下ろし、真白に言われた食材を買うために。

御剣には多額の貯金があった。要事のときにと、父が振り込んでいたものだった。

エキセントリックボックスは、その力を行使した者の記憶を行使された者の中から消す。

そうして超常的な力と、御剣との繋《つな》がりは〝なかったこと〟にされる。

ただしそれ以前に働いた行動までなかったことにされるわけではない。

初めて家族になったときに撮った写真はそのまま残され、父が父として教えてくれた口座の番号が変えられることはなかった。御剣はその金を崩して生活している。まだしばらく財源は尽きそうになかった。

家から一時間ほど歩いたところにあるアーケードモール——落日《らくじつ》ストリート。唐紅《からくれない》のタイルを二キロメートルずらーっと敷き詰め、斜光をイメージした黄色いグラデーションのアーチが空を隠す。軒を連ねて立ち並ぶ商業施設は市の規定によりどこも外壁を暗色でまとめあげている。積み上げられた煉瓦《れんが》ブロックと、街灯を真似《まね》て一定間隔で立ち並ぶ細い電灯が悪戯《いたずら》な郷愁を誘う。落日ストリートはいつ来ても夕暮れだ。

客引きの声は優しく、売られている物に時代の先を行く品はない。食品にしても、服飾品にしても、みんなどこかで見たことがあるようなものばかり。パスタはそよ風を添えず、ネックレスは一目でなにを模しているのかわかる。

時折枝分かれしながら街の中心に上乗せされたようにあるこのアーケードモールは、単純にどこかへの近道としても頻繁に利用される。

スーツ。学生服。漁師。ミュージシャン。老人。子供。自転車。ローラースケート。スニーカー。パンプス。待ち合わせ。待ち惚《ほう》け。右を左を雑多な人が過ぎていく。飾られた夕焼けは、全員の行き先を帰路に思わせる。

御剣はストリートにあるATMで金を下ろし、同じくストリートにあるスーパーへ向かっていた。

そうして小さな違和感に気づいた。

「……なにかやってるのか？」

ストリートの幅は広い。御剣のことを覚えている人間が全員横に並んでもなんの邪魔にもならないくらい。だから当然双方向通行を許されている。異変はそこにあった。

いつの間にかストリートの全員が――否。男性だけがこぞって北を目指していた。少年も、お爺《じい》さんも。ギタリストも、サラリーマンも。自転車も、スニーカーも。全員明確な意志を持ってどこかへと向かっている。

ある者はカバンを放り捨てて。ある者は携帯ゲームを落としたことも構わず。

御剣はそのゲームを拾って持ち主に渡そうとする。持ち主はそれを受け取らなかった。恍惚《こうこつ》とした表情で前だけを――その先にあるものを見つめて歩いていた。

御剣は辺りを見回す。

頬《ほお》を赤らめ、焦点を上に飛ばした男たちが真昼の夕暮れを猛進していた。ひとりひとりの歩みは遅くとも、数のうねりが個の直進を行進に変えて止めようのない勢いを生む。

モールのイベントにしては集客力がありすぎて、アイドルのコンサートにしてはやたらと狂気じみていた。

「……なんだ、これ？」

それは宛《さなが》らウォーキングデッド。脳は別の意志に寄生され、直進する様は糸を手繰《たぐ》られる人形。

酷《ひど》い映画に突然巻き込まれたのかと思った。カメラマンはいない。空撮は不可能。

御剣はウォーキングデッドの波を掻《か》き分けて走る。集団の意識を手引きする者の場所へ。

その人間は全員が向かう先にいる。なぜなら大抵の映画の場合そうであるからだ。

汗とタバコの匂いに鼻を押さえて走る。凪《なぎ》を忘れた風のように唐紅のアーケードモールを走る。

彼に疲れはない。その要素は既にエキセントリックボックスに格納されている。

汗ひとつかかないまま二十人ばかり群れの人間を抜いたとき、集団は開けた。

御剣は列の先頭に立っていた。

そして彼の予想は的中した。

「いやあぁぁあああん!!」

鉄と鉄をぶつけたみたいな叫びが落日ストリートに響き渡った。

銀色の髪。紫の瞳。高い鼻とぷっくり膨らんだ唇。日本人離れして整った顔立ち。身体《からだ》が振れて、純白のワンピースが翻《ひるがえ》る。

昨日海岸近くの空き地にいた少女がストリートの真ん中で身を捩《よじ》りながら立っていた。その少女に下卑《げび》た笑みで迫る男たち数人。昨日とは違う人間。その向こう、奥には御剣の後ろにいるのと同じ数の男たち。

しめて四十二人の男が少女を囲んでよろよろと迫っていた。

「おたすけぇ〜！」

少女はワンピースを摑《つか》まれ脱がされながら助けを求めていた。

打算を介さない無心の奉仕が救難信号を受諾する。

「今助ける！」

御剣は少女に群がる男たちを剝《は》がす。男たちは御剣でも簡単に押しのけることができた。

水玉模様の下着を露出した少女を背中に隠し、辺りを囲う男たちに警戒の視線を配る。

「あなたは昨日の！」

「どうなってるんだ、これ？」

「歩いてたらいきなり襲われたんです！　性的に！」

「この数に？」

「この数に！」

下は七歳から上は八十歳までの男が一様に鼻の下を伸ばし、少女を視姦している。周りの店にいる女たちはその異様を嫉妬の眼差《まなざ》しで睨《にら》んでいた。

少女にはそこまでの魅力があるのだろうか？　そこら中の男が全員一線を越えたくなってしまうほどの魔性が。いくつもの要素を失い、正しく成長できていない御剣にはそれがわからない。けれど助けを拒まれても助けを実行する御剣だ。原因がわからずとも、求められたら応えないわけがない。

「こいつらを止めろ！　エキセントリックボックス！」

ポーチから取り出したエキセントリックボックスをグラデーションの天井に投げる。

ぴかっ！　眩《まばゆ》い光がモールを包み、真昼の夕焼けを太陽より濃い白で染め上げた。

「スクランブル、参上！」

スクランブルはアーチに逆さまで立つ。垂れた髪と捲《まく》れたスカートが彼女の顔を包む。

「代償は、潮騒を好むところだけど？」

「ああ。そいつは僕にいらないものだ」

「そっか！」

夕焼け色をしたスカートをぺたんと畳み、スクランブルが天井から降ってくる。ヒーローよろしく突き出した手を丸めて御剣の腹に降ってくる。

「どおおおおおおおぉぉぉぉぉぉおおおおおおんんんんっ!!」

「ごっっはっっっっぁぁあああああっ!!」

打ちつけられた背中がタイルを砕く。もくもくと土煙が上がる。スクランブルがゆるやかな放物線を描きながら飛行して手近な店のベンチに腰かける。

──契約は完了した。

「……あの……大丈夫ですかぁ?」

少女が煙の中を心配そうに見下ろす。

「……ああ」

御剣は煙を裂いて立ち上がった。その瞳を赤色に燃やして。

「もう大丈夫だ」

囲う男たちはスクラムを組んで逃げ道を失《な》くす。もう彼らとの距離は額に溜《た》まった汗の粒がはっきりと見えるまでになっていた。むわっとした熱気と、気分を悪くする臭いが鼻をつく。

御剣は親指と人差し指を直角に立てた。それを頭の上に掲げて弧を描く。一回。二回。

三回。徐々に弧は円周を広げ、ついには御剣の横幅を上回るまでに。

御剣は手を止めた。そしてそれを胸の前に降ろす。

同時に彼の指から茶色い縄が飛び出した。縄は意志を持った巨大な蛇のように男たちをあっという間に囲い、かと思えば急速に体長を縮ませて一纏《ひとまと》めに全員を縛り上げる。

脅威はひとまず鎮圧された。

「……カウボーイ」

恍惚の表情で呟《つぶや》く少女。

「どうしてキミは襲われるんだ？」

「わかんないんですわかんないんです！　ふえぇぇぇぇえん！」

御剣の胸に顔を埋めて彼女は泣いた。

「……でも、かっこよかったです」

ひっくひっくと、喉《のど》を鳴らして泣き止《や》みながら御剣の心臓に向けて呟く。

「お兄さんにならずっと守ってほしいな」

少女は赤くなった顔を上げる。完璧《かんぺき》な美貌の中に年相応の未成熟さを混ぜ合わせ、大きな紫色の瞳で御剣の目を覗《のぞ》き込んだ。

たしか保護欲はかなり前に失ったなと、御剣は夢に見たいつかを追想した。

「ごめん。それはムリだ」

少女の肩を押さえて突き放す。

「そんな！　二度あることはずっとあるのに！」

御剣は矛盾に気づく。

「キミは…………もしかして昨日のことを覚えてるのか？」

なぜ？　どうして？　そうきこうとして出した言葉は横槍《よこやり》によって上塗りされる。

「一分です」

声変わりも知らない少女の音色。主語のない短文を牽引《けんいん》する丁寧さ。

それは出会った頃のスクランブルを思い出させた。

「スクランブル？」

まだ早いだろうと声のしたほうに目をやる御剣。

そこには少女がいた。スクランブルとは違う、けれどスクランブルと似た年頃の女の子。

三角をした眉の上で斜めに切り分けられた水色の髪——控えめに外に跳ねたその先端が風に揺れる。線のように細い空色の瞳で焦点を定めないままぼんやりと御剣のほうを見て、少女はとある洋服屋の中から姿を現した。夕焼け色をしたベアトップのドレスは落日ストリートの古風な趣に合って映える。

スクランブルより丸みのないほっそりとした顔立ちの少女は、小さな身体に得《え》も言われぬ儚《はかな》さを引き連れていて、見た目以上に落ち着いて見えた。元気がないと言い換えることもできた。

少女は無表情で歩いてくる。

カツン、カツン、と。ヒールがタイルを叩《たた》く間隔は常に一定だ。

まるで生きた機械のようだった。

「……ッチ！　もうかよ」

背中で、声。酷く粗暴な、切るより叩くことに秀でた鈍《なまくら》のカッターナイフみたいな声。ワンピースの少女が出す甘えた声がコーヒーに落とした砂糖なら、その声は宛らケーキに塗《まぶ》した塩。遊園地なら刑務所。夢なら現実。そういうふうな対比になっていた。

声は御剣の隣――紫の瞳をした少女がいた場所からした。だからその声は当然少女の声であり、無論少女の声ではなかった。

――少年が立っていた。

重力に逆らって十六方向に立てられた銀色の髪は反抗心。吊《つ》り上げられた眉は威圧感。逆三角形をした栗色《くりいろ》の目は悪辣《あくらつ》。浮き出た鼻筋は信念。ほんのり紅を引いた唇は彼の世界に対する嘲笑《ちょうしょう》を言葉以上正確に語っていた。

少女の白い肌は少年の適度に日焼けした肌に張り替えられ、薄い毛の生えた腕がごしごしと唇を拭った。少年は腕についた赤を白のワンピースに擦《こす》りつける。綺麗だった無色のキャンバスは返り血を浴びたように人工的な赤色を受け入れた。

「おえっ……」

自分の恰好《かっこう》に自分で吐き気を催した少年はえずくように喉を鳴らしてから、ため息。それから御剣を上目遣いで見つめて言った。

「——こんにちは、お兄さん」

油に火を落としたように場は騒然となった。括《くく》られた男たちが一斉に自分の無実を主張し始める。どうしてあんなことを。悪気はなかった。身体が勝手に動いたんだ。遠巻きに眺める女たちはそんな男たちを冷ややかな視線で軽蔑《けいべつ》していた。

「感想は?」

少女は少年になっていた。

年と背丈は御剣と同じくらい。けれど御剣とは正反対の性質を持った少年だった。

「あの子は?」

「オレだよ」

少年は言う。簡単な足し算か引き算の答えを教えるように。

「むしろオレじゃなかったらこの恰好はなんなのさ？」

ケラケラと笑いながら少年はクルリと回ってワンピースを翻《ひるがえ》す。一緒に薄い脛《すね》の毛がヒラヒラと風にそよいだ。

「女装？」

「変身ね」

少年はグイと伸びをして背骨を鳴らした。

「おかしいなあ。男なら須《すべから》くあの女にはときめいてしかるべきでしょ。外見にしろ、声質にしろ、それ以外にしろ」

彼の言う通り、御剣以外の男は皆彼女に心を奪われていた。視界にも入らない場所から、まるで雌《めす》の匂いを嗅《か》ぎつけた獣みたいに一直線に彼女を目指していた。

御剣だけがそうならなかった。ひとりの少女を全員が求める様を異常だと認識していた。

「まあ、理由はだいたいわかってるけどね」

少年はベンチで鼻歌を奏でているスクランブルを一瞥《いちべつ》する。

「あんたも、そうなんだろ？」

「一分です」

水色髪の少女が少年の前に立って告げる。

御剣は少女を見た。

見た目にそぐわない話し方。この異様な状況に欠片《かけら》も動じない振る舞い。

彼女はまだ人間味のない頃のスクランブルと似ていた。加えて他とは違う瞳の色が、彼女が束ねられた有象無象《うぞうむぞう》とは一線を画す存在であることを告げていた。

「わぁーかりましたよ」

銀色に染められた髪が苛立たしげに掻《か》かれる。

少年は身を屈《かが》める。少女は踵《かかと》を上げる。

そうして二人は口づけを交わした。

一瞬のような、永遠のような沈黙が流れた。

「では、失礼します」

彼女の身体《からだ》はみるみるうちに下から上へと畳まれていった。ハイヒールが骨格を無視してぐにゃりと縦に折れ曲がり、夕焼け色のドレスを巻き込んで両腕ごと胴体を喰《く》らい、切なげな影を帯びた顔も吸い込まれるみたいになくなって、悪辣な団子状で宙に浮いた色彩の集合体は最後にぎゅいんと空間を歪《ゆが》める音を鳴らして縮小し、整合した。

御剣の目の前には縦横二十センチ、おどろな夕闇を思わせる色をした気味の悪い立方体
――エキセントリックボックスがあった。

重力を思い出して落ちてくるそれを右手で受け止め、白いワンピースに血のような赤をつけた少年は不気味に笑った。

「オレは氷室《ひむろ》棗《なつめ》。もうひとりの人身御供《ひとみごくう》さ」

■

氷室は走った。御剣の手を引いて。後ろでは男たちの「縄を解け」という要求が弾劾《だんがい》となって御剣を責め立てていた。子供から老人まで。彼らはもう自分たちが氷室の扮《ふん》した少女になにをしようとしていたか忘れていた。

氷室の辻褄《つじつま》は合わせられていた。

「ここならいいか」

落日ストリートの中を二度分岐したところで氷室は立ち止まって荒い息を整える。

もう男たちの声は聞こえなくなっていた。自転車。バンプス。スカート。ブラウス。カフェ店員。オフィスレディー。待ち合わせ。待ち惚《ほう》け。周りにはなにも知らない女性しかいなかった。

「いっ、いっぷうーん！」

どたどたどた。二人の後を追って走っていたスクランブルが、豆粒に見えるくらい遠くでそう告げてバタリと倒れた。御剣の疲労はもう彼女のものだ。

「ならあらためて。昨日ぶりだね、もうひとりの人身御供」

通り過ぎていく女性の冷たい視線はことごとく氷室に突き刺さっていたが、どうやら痛みはないらしい。

「話積もらせようとも思ったけど、先に契約満了させといたほうがよさげだな」

スクランブルは御剣の名前を呼びながら手を伸ばしていた。御剣は引き返してひょいと彼女を抱きかかえ、氷室に尋ねる。

「……どうしてワンピースなんか着てるんだ？」

「まずきくのそこ⁉」

普通は違うのだろうか？　御剣にはわからない。

「これは、そうだな……キャラ付けさ。ワンピースの女の子がオフネックにジーンズの男に変わっても、すぐに〝そう〟だって気づかないだろ？」

「どうして変装なんか」

「変身だって」

「どうして変身なんか」

「いっぷーん！」

御剣の腕の中でアラームが頰《ほお》を膨らませている。

しかたなく御剣はスクランブルとの用件を先に済ませることにした。

いつものように小さく息を吸い、御剣は抱えた少女に愛のないキスをした。

そこで惰性《だせい》に変化が起きた。

「んっ……」

御剣の口の中を短い舌が弄《まさぐ》る。上の歯をなぞり、内側の歯肉を舐《な》め、固まっている舌と絡み合う。

スクランブルの頰は紅潮していた。鳥がエサを啄《ついば》むように連続して唇を交わし、互いに呼吸もままならない。次第に金色の瞳が上擦《うわず》ってくる。

「きもち、いい……！」

「もういいだろ」

御剣はスクランブルをやや強く押しのけた。

「キスのうまさ」なんてものが彼女に渡っていることを忘れていた。あれがうまかったのか御剣にはわからないが、周りの目から察するに、かなり背徳感のある光景だったらしい。

「おー、情熱的！」

氷室は目を輝かせていた。

「もっとー！」

スクランブルが両手を御剣の首の後ろまで回して駄々《だだ》をこねる。

「ダメだ」

キッパリと否定。このキスに契約以上の意味を持たせてはいけない。

「はーい」

渋々といった様子でスクランブルは返事をし、氷室のエキセントリックボックス同様、縦横二十センチの立方体に戻った。

御剣は腰のポーチに立方体をしまう。

「さて。とりあえず、どっかに落ち着こうか」

氷室は御剣の手を引いて近くにあったカフェテラスに入ると、適当に注文を済ませて席についた。しかたなく御剣は対面に座る。腰かけ部分が花模様にデザインされた黒いイスは、上品さと昔ながらの趣を感じさせた。

「で、なにから話す？」

名前を忘れられたジャズナンバーがバックで流れる。

氷室はエキセントリックボックスを目の前の丸机に置いた。夕暮れ色に染まっていた立方体に机の黒が混じる。

「どうして僕のことを覚えてたんだ？」

「そりゃあ、忘れなかったからだろうね」

エキセントリックボックスの力に晒《さら》された者は全員エキセントリックボックスとその使用者——人身御供にまつわる記憶を失う。つまり昨日御剣と出会ったことを氷室が覚えていたのはおかしい。

「どうやら辻褄合わせは同じ人身御供には生じないらしいぜ。記憶処理を施す必要がないからだろう。エキセントリックボックスに確認をとったし、実際に試してみたからたぶん間違いない」

常人と人身御供には、〝エキセントリックボックスという現象〟を受け入れているかで既にひとつ隔たりがある。既に「普通」から外れた人身御供を普通に合わせる必要はないのだろうと氷室は結論づけた。

「そうか」

きくべきことをきき終えた御剣は立ち上がった。机に二枚の硬貨を置いて。

「ちょ、ちょい！　もう!?」

「ああ。教えてくれてありがとう」

「いやいや！　まだまだあるでしょ⁉　『自分以外の人身御供……だと……⁉』とか、『初めて力を使ったときの感想は？』とか、『おまえの目的はなんなんだ⁉』みたいな！」

御剣にはよくわからなかった。だから謝る。

「ああ、悪い。僕はもう、だいぶそういう疑問を抱《いだ》けない段階になってるんだ」

メイド服の店員が頼んだドリンクを持ってくる。客商売なだけあって、氷室の恰好《かっこう》を見ても貼りつけた笑顔を凍りつかせることはなかった。

御剣はしかたなく席に戻る。

「他の人身御供がいる可能性なら、出会ってすぐに当然スクランブルから聞き出していた。実際にこうして出会ったのは初めてだけど、『ああ、やっぱりいたのか』以上の感想はないよ」

「オレが女に変身してたわけとか」

「ああ……たしかに不思議ではある。変身は趣味として……」

「趣味じゃないよ！」

「なら置いておくとして。どうして追われていたのかはたしかにききたいな」

氷室は得意気な笑みを浮かべた。

「でしょ？　やっぱ気になるよなー」

「ああ。どうしてあんなことをエキセントリックボックスに願ったのか」

だいたいの不思議や異常の解明はエキセントリックボックスを引き合いに出せば直《ただ》ちに終了する。氷室の変身。理性を失った男たちの欲情。女たちが向けていた嫉妬の眼差《まなざ》し。

エキセントリックボックスに願えばどんな変化も引き起こされる。

問題は、どうしてそんな変化を必要としたか、だ。

「オレがなにを願ったか、もうわかってんの？」

「いや。でもそれはいい」

御剣は他人に興味を示さない。だから氷室の願いに興味はない。彼が知るべきだと考えたのは、一般人を凶行に走らせた理由だった。

だれかを操ってまで叶《かな》えるべき願いというものが御剣にはない。

だから御剣は彼の願い自体ではなく、その願いを願うに至った心境をきいてみたかった。

同じ人身御供として。

「よし。じゃあまずオレがなにを願ったかを話そう」

「いやいや、だからそれはいいって」

「オレは二つを願ったんだ。美少女になりたいって願いと、近くの男を虜《とりこ》にしたいって願いさ」

氷室は嬉々《きき》として勝手に語る。

「昨日今日と、エキセントリックボックスはその願いを叶えた。男どもは鼻の下伸ばしながら欲情してオレを押し倒そうとしてた。男のオレを、だ。毛むくじゃらの手がオレを裸に剝《む》こうと伸びてくるんだ。笑えるだろ」

御剣はやはりそういう趣味なのかと問う。

違うと氷室は言う。

「──見ていて最高に楽しいのはどんなときだと思う？」

御剣は沈黙で先を促した。

「人が自《みずか》ら犯した過ちの重さに潰《つぶ》れる瞬間さ」

円錐《えんすい》に広がるピーチパーラーの海で氷がカランと鳴った。

「二つの願いは僅《わず》かに時間をあけて叶えてある。そうするとさ、二段階に過ちを背負う様が見えるんだよ。まず、欲情の催眠が解ける。すると男たちは自分が身勝手な感情でかわいい少女を汚した自責に苛《さいな》まれる。数秒後、十二時の魔法は解けて少女は男に変わる。するとと今度は過ちの種類と方向性が変わる。少女を汚しちまったって罪悪は、男に欲情して自分を汚しちまったっていう罪悪に変わる。表情が、二度歪《ゆが》むんだ」

何度もその瞬間を見てきたような口ぶりで氷室は恍惚《こうこつ》と語った。おそらく昨日と今日以外にも既に何度か変身を試みているのだろう。そして彼なりの成功を収めているのだろう。

やや呆《あき》れながら御剣は尋ねた。

「でも、その過ちも、重さも、すぐに忘れるじゃないか」

「いいのさ。一瞬の悲劇は十年、人を老いさせる。その様を見れるだけで、少女として乱暴されるには十分だよ」

御剣にはわかった。彼も歪んだ思想の持ち主なのだと。

健常な部分を削り取られ、歪曲《わいきょく》を余儀《よぎ》なくされる。人身御供《ひとみごくう》とはそういうものだ。

「そうか」

遠回りにはなったが、ききたいことはきけた。もう御剣に氷室と話す理由はない。

「ちょっと待ってって！」

驚きの吸引力でカフェオレを昇らせる御剣のストローを氷室が指で塞ぐ。

「感想は？」

「僕の前ではそういうの、やめてくれるとありがたい」

「それだけ？」

「それだけ」

女装して男の純心を弄《もてあそ》ぶなんて許せない——なんて思うほど、御剣は正しくなかった。

「……いやいやいや、そんなはずない」

氷室は今さらの質問をする。

「あんた、名前は？」

「御剣乃音」

「そう。御剣乃音。正解だ」

そういえば名乗ってなかったと思うより先、氷室は隠すべき罪悪をポンポンと口にし始める。

「昨日出会ったあと、あんたのことを丸一日かけて調べさせてもらった。エキセントリックボックスを使って、現在の立場から昔の生い立ちに至るまで隅々と。それで見えた御剣乃音って人間は、オレみたいな悪人を決して許さない。許すはずがない。どんな些細《ささい》な悪事も見逃さず、まるで自分を顧《かえり》みないで人を助けるヒーロー。それが御剣乃音だ！」

「勘弁してくれ」

過去を覗《のぞ》かれたことに関しても。妙なイメージの押しつけに関しても。勘弁してほしかった。

「僕はそんな品行方正な人間じゃない。ただ助けたいから人を助けているだけだ」

「立派なことじゃないか。御剣乃音はそうじゃないといけない」

ため息がグラスの底に落ちる。

「どうやら誤解があるらしい」

御剣は混沌《こんとん》をかき混ぜた。

「僕は僕のエゴで人を助ける。それはいわゆる正しさと本質の部分でずれている」

人身御供の瞳が氷室を映す。栗色《くりいろ》の目は永遠の孤独を抱えて翳《かげ》っていた。

「べつに僕の心臓は悪事に敏感じゃない。それが目の前で行われようとしていたらたしかに止めるけれど、悪事そのものを根絶しようなんてまったく考えちゃいない。そもそもそんなこと不可能だし……いや、エキセントリックボックスを使えばあるいは可能か。まあそれでも僕は、この世から正しいこと以外を排除しようなんて思ってないよ」

「どうして⁉」

丸いテーブルが叩《たた》かれて、二個のグラスが腹の中で液体を波打たせた。

「僕以上正しくない人間なんていないからさ」

御剣は御剣なりの正しさを掲げて行動している。すなわち、困っている人間がいれば進んで自《みずか》らを擲《なげう》ち助ける。

しかしその正しさが決して万人にとっての正しさでないことはこれまでの経験で知っていた。例えば彼の隣人は彼の正しさを気持ち悪いというだろう。

御剣は自分を最小単位で見ている。もっとも先に切り捨ててよいものとして認識している。

御剣は自分を擲って人を助ける。なぜなら御剣より価値のない人間はいないから。

「……あんたの人助けは、正しくないっていうのかよ？」

「ああ」

なぜなら――。

「――僕はいつか死ぬために人を助けているんだから」

御剣乃音は人を助ける。人を助けて、自分を構成する諸要素をエキセントリックボックスに捧《ささ》げて格納する。そうして少しずつ、自分を擦り減らしていく。

なぜかときかれれば、理由はいくつもあるし、同時にひとつもなかったりする。

とかく御剣にとって、自分はこの世界で生きているだれよりも生きている価値のない人間だった。

かといってまったくないわけではない。最小単位で、それは存在する。その単位を可視化したのが彼の生き方であり、つまり人助けだった。

彼は今や人を助けることによってのみ生きている理由を実感する。

生きていることを確かめるために死に近づく。

死というのは正確ではない。

エキセントリックボックスに全ての要素を格納した人身御供は抜け殻となり、一切の動作をやめて死んだように固まるという。そういう意味での死を御剣は待っていた。

「偶然の出来事までを含めた悪事がなくちゃ、僕はだれも助けられないじゃないか。そうなると、僕は生きることも死ぬこともできなくなる。中途半端に感情を残して動く得体《えたい》の知れないものになってしまう。嫌だろう？　そんなのは」

人身御供の瞳が氷室を映す。全てを諦め、全てを見捨てた狂気の目。須《すべか》らく嫌うはずの孤独を望み、自らの生をまるで尊んでいない虚《うつ》ろな目。修復しようのない破綻《はたん》を抱えてケラケラと笑っている異常の目。

無意識の本能で距離を置こうとした氷室の身体がイスから転がり落ちる。空を掻《か》いた手がグラスを叩いて床に落とした。ガラスの割れる音が人工的な夕暮れに染まったカフェに響く。

氷室の背中が木造のテラスにぶつかることはなかった。咄嗟《とっさ》に立ち上がった御剣が彼の身体《からだ》を抱えていた。

「大丈夫か？」

御剣は彼を抱えたまま笑ってみせる。その笑顔は身震いするほど凍りついていて、およそ人らしさを感じさせない玩具《がんぐ》が作った微笑《ほほえ》みのようだった。

「う、うわあああ！」

思わず御剣を突き飛ばす氷室。二人は互いにテラスの段に背中を打ちつけた。

慌てて駆け寄ってくるメイドに謝って御剣は席に戻る。そのまま帰るつもりだったが、もし氷室がどこかを痛めているようなら治してやらないといけなかった。エキセントリックボックスの力を使って。

「痛いところはあるか？」

問いに他意はなかった。御剣は本当に痛いところの有無を尋ねているだけだった。尋ねて、答えによっては然《しか》るべき対応をするだけだった。

その、どこまでもまっすぐな歪み方が逆に氷室の恐怖を駆り立てた。

——自分もいつか、こうなるのだと。

「…………し、心配ない」

平静を装ってイスに戻る氷室。彼の額は冷たい汗の粒で濡れていた。

「……いつからだ？　昔のあんたはそうじゃなかったはずだ。平穏を害する悪は容赦なく倒してきたはずだ。あの日躊躇《ためら》いなく引き金を引いたみたいに」

「そんなことまで調べたのか」

氷室は気づかない。いつの間にかきく側ときかれる側の立場が逆転していることに。

「僕もわからないよ。たしかにあの日の僕には助けたい対象がいて、そのために敵を排除した。そうして打算感情を失ったけれど、だからってすぐに助けたい対象が広がったわけじゃない」

最初は親しい友人のためにのみ力を使っていた。けれど徐々に、御剣乃音を織り成す要素が薄れれば薄れるほど、救済対象は広がっていった。

常に自分だけはその円環の外側に置いて。

「エキセントリックボックスの力を使うっていうのはそういうことだ。覚えておくといい」

氷室が最近になってエキセントリックボックスを手に入れたことを御剣は見抜いていた。なぜなら、自分と比べると彼にはまだずいぶん人間味が残っていたから。

感情の起伏があるところとか、自分の欲求を満たすために力を使っているところとか。

だからどうということはなく、向けた言葉も先輩からのアドバイスと表現するには決定的に思いやりが欠けていて。

宛《さなが》ら予言と形容したほうがイメージは近かった。

『おまえはいずれ壊れて、さらに壊れようと動き出すぞ』

そんな予言。

「それだけだ。僕はこれからいくところがあるから、もういいだろ?」

御剣の一日はプログラムされている。色分けされたいくつかのパターンを毎日繰り返す。今日は買い出しに出たから、このあとは実際の日が暮れるまで、人のいない寂れた海岸で潮風に吹かれる手筈《てはず》だった。

ああ、けれどそうだった。先程の件で潮騒《しおさい》を好む心は失われているから、このまま家に籠《こも》って明日からのプログラムを練り直す必要があった。

「人を助けたいなら……なんで人のいないとこにいくんだよ?」

言い負かされた気がして、苦し紛《まぎ》れに氷室が呟《つぶや》いた。

テーブルを立ったまま御剣は固まった。

「………」

答えられなかった。

家にしろ、海岸にしろ、なぜ人を助けるために生きている自分が人のいない場所へ向かおうとするのか。なぜひとりになろうとするのか。

御剣乃音には御剣乃音がわからなかった。

今この瞬間に解と結びつかない疑問が生じた。

「……オレは……認めないぞ……！」

項垂《うなだ》れた氷室の前でグラスが震える。彼の抑え切れない感情が机を揺らしていた。ついた肘《ひじ》と立てた膝の貧乏ゆすりをやめ、彼はエキセントリックボックス片手に立ち上がった。

「オレは今のあんたを認めない！」

ワンピースを翻《ひるがえ》し、エキセントリックボックスがグラデーションのアーチに投げられる。

一瞬走る暗黒の閃光《せんこう》。立方体は十字に展開し、人型となる。

「エキセントリックボックス、展開しました」

鼻にかかる幼い声。機械的な話し方。エキセントリックボックスが宙で水色髪の少女を真似《まね》る。重力を無視して空に三角座りした少女は雲ひとつない空色の瞳を曇らせて、まるで覇気《はき》のない姿で人身御供《ひとみごくう》の要求を待っていた。

「降りてこい！」

少女は透明な台を滑るように姿勢のひとつも変えずに同じ高さまで降りてくる。

「オレがあんたをヒーローにしてやるよ」

氷室は不敵な笑みを浮かべて目下の願望を口にした。

「ここにいるやつらを争わせろ。エキセントリックボックス！」

「代償は格闘ゲームのうまさですが？」

「けっこうだ」

「おい、やめろ」

御剣の制止は届かない。

数組の客と店員が唖然《あぜん》として見やる中、氷室とエキセントリックボックスは相対《あいたい》した。

「歯ァ食いしばってろよ！」

氷室が右手に拳《こぶし》を作り、それを少女の腹部に突き刺す。もう片方の手で氷室がガッチリと少女の肩を摑《つか》んでいるせいで、彼女はその場に倒れることもできず痙攣《けいれん》していた。

「おまえ、なにを……」

「これがオレらの『神代《かみしろ》』へ至る手順さ」

氷室の目が紫色に変わった。

「ッ……」

危険を感じて咄嗟に御剣もエキセントリックボックスを取り出す。その間にも氷室は踊るような足取りで店の中を回り、客や店員の身体に触れていった。

彼に触れられた者は願望の操り人形となり、氷室のために争いの火種を撒《ま》いていく。

相席の友人にコップの水をぶちまけた女を皮切りに、カフェで一気に暴動が渦を巻いた。

飛び散る液体。割れるグラス。飛び交う罵声《ばせい》と行き交う暴力。オシャレなイスは武器になり、机は盾《たて》に。ガラス棚は投擲《とうてき》物の貯蔵庫。だれかが押した警報ベルは仕組まれた人災を告げていた。

「いいか？　これは予言だ。オレという悪を排除しない限り、あんたの大事なものはオレに奪われ続けるぞ」

一瞬で終末の風景と化したカフェのどこかから氷室の声がする。

「おまえは僕になにをさせたいんだ？」

「なにって？　簡単さ」

氷室はその言葉を口にしたきり、もうここへ帰ってくることはなかった。

「オレはあんたに、オレの願いを叶《かな》えてほしいのさ」

いつの間にか、彼のエキセントリックボックスも姿をくらましていた。

意味はよくわからなかったが、御剣は事態の鎮静化を優先する。

「この場を鎮めろ。エキセントリックボックス！」

戦場の真ん中で立方体が展開する。

「スクランブル、参上！」

スクランブルは飛んでくるグラスやイスを器用に避けながらその場に立ち、御剣に言う。

「代償は、愛情だけど？」

ああ。そいつは僕にいらないものだ。

そう言えるほど、彼にとってその要素は軽くなかった。

それを手放してしまえばどうなるか、御剣にはわからない。

――真白は僕の愛がなくなったことに気づくだろうか？　そのとき真白は悲しむだろうか？　もしそうなら、それはいけない。最小価値である自分がだれかを悲しませるなど、あってはならない。

……いや、でもそれはないか。真白なら、僕よりもっといい相手はいくらでもみつけられるだろう。彼女はそれだけの存在だ。自分なんかとは違う。

なら、僕はどうだ？　僕は愛情を、真白を手放して悲しむだろうか？　否。

答えは出た。御剣乃音にもう悲しみはない。真白セツミの相手が自分である必要はない。

鳴《や》り止まないどころか膨らみ続ける喧噪《けんそう》の中、数秒の沈黙。御剣は数秒の沈黙で、その答えを出した。

「ああ。わかった」

「そっか！」

スクランブルが拳を突き出して突進してくる。

御剣の表情が一瞬、ほんの僅《わず》かに人間味を帯びた。

「……いよいよ、ひとりになるな」

申し訳なさそうに彼は笑った。その謝罪はめずらしく自分自身に向いていた。逆にいえば、自分自身にしか向いていなかった。

「どおおおおおおおぉぉぉぉぉぉぉおおおおおおおんんんんっ!!」

「ごっっはっっっっあぁあああああっ!!」

御剣はどんな願望も叶えられる『神代』となった。

右手の指を二本立てて銃を真似る。その先を暴徒と化した連中に向ける。

「バン」

狙われた人間がひとり、またひとりと一分間の眠りについていく。

「バン、バン、バン」

御剣は撃つ。あの日と同じように。あの日より無感情で。人を撃つ。人外《じんがい》の力で、質量のない透明の睡眠弾を撃つ。

「バン、バン、バン！　バン！」

疲労感はないはずなのに、なぜかひどく息が切れた。だからといって苦しくはない。ただ呼吸のペースがいつもより速くなっただけ。

「バン！」

全ての暴徒が横たわり、沈静化した。

辺りを見回す。幸い血の一滴もない。大小様々な寝息が古いジャズナンバーに乗ってきこえる。

「もういいの？」

意識なき暫時《ざんじ》の亡者の真ん中に立つスクランブルが首を傾《かし》げる。彼女の服は周囲の色を全て内包して輝く。

スクランブルはじれったそうに身体をもじもじさせながら指をくわえていた。はやくもう一度キスをしたいらしい。

「いや、ちょっと待っててくれ」

「はーい」

スクランブルは御剣に従順だ。どんな要求も彼女にとっては命令であり、その命令に逆らうことはない。

御剣が人を助けるために生きているように、スクランブルは人に近づくために生きていた。そもそも彼女の存在を〝生きている〟と言えるかどうかは疑問の残るところではあるが、少なくとも彼女の第一欲求は人身御供である御剣から人間としての要素を奪うことであり、キスや食事は副次的な欲求でしかなかった。

だから彼女は——エキセントリックボックスは——主人である人身御供に使われ、主人の望みを善悪の規範なく叶える。それが自らの願望成就《じょうじゅ》に繋《つな》がるから。

「残り何秒だ？」

「さんじゅー！」

「わかった。カウントはしなくていい。だいたいそれくらいで終わらせるから」

御剣はポーチからケータイを取り出した。電話帳を開き、一件しかない連絡先に電話をかける。三回のコール音の後、電話は繋がった。

「ああ、真白。僕だ。突然悪い」

電話の向こうから元気な声がきこえる。

「それで、悪い、真白。唐突だけど、僕はもうすぐキミへの愛情を失《な》くす」

御剣のほうから電話をかけたのはこれが初めてだった。

「今までよくしてくれてありがとう」

最初で、最後だった。

「今日で、僕らは別れよう」

元気な声はきこえなくなっていた。

画面によると、通話を始めてから既に一分が経過している。会話をしている時間より、沈黙のほうが多かった。

「……悪い」

御剣は電話を切った。ビジートーンが鼓膜《こまく》で居心地悪く残響した。

そうして彼は孤独になった。

ケータイをグラデーションのアーチに投げ捨てる。天井にすら届かず落下して、電池パックが飛び出した。うるさい音は消えた。

振り返るとスクランブルがニコニコ笑顔で待っていた。

「もういいよ」

御剣は愛のない口づけをして愛を渡した。

もう彼が、あるいはこれからも彼が、だれかを愛することはない。

完全数はゼロを覗く

千二百四十二回。暗色の立方体が天井を叩《たた》いた。枕元には落ちてきた木屑《きくず》が散らばっている。

しんとした部屋の中、がっ、がっ、と。立方体が宙を行き交う。

八畳一間の部屋はいつものように綺麗《きれい》に片づいていて。水に浸《つ》けておいた皿は綺麗に磨かれ棚に戻されていて。隅に固めたゴミは一階のステーションに出されていて。借り物の鍋は持って帰られていた。

午後八時。真白《ましろ》が夕飯を持ってくることはなかった。

明かりを月光のみに頼った群青色の部屋で、机に置かれた合鍵《あいかぎ》は冷たい銀色をしていた。

このまま延々と箱を投げていられそうだった。

単調な時間が驚くほど円滑に進んでいて。御剣《みつるぎ》は真白と別れたことを実感する。

悲しみはなかった。後悔も、申し訳なさももうなかった。自分がなにに対して申し訳なく思ったのかさえ、もうわからなくなっていた。

愛情の欠落は、御剣に平穏を取り戻させた。

「羊が千二百四十三。羊が千二百四十四」

そうだ。明日からはずっとこうして羊を数えていよう。食材はある。カットサラダとレンジパックの米。まだ当分は家から出なくてもいい。

防波堤へ向かう行動パターンの代わりを思いつき、よかったよかったと御剣は立方体を投げる。彼の表情から感情を読み取ることはもはや適《かな》わない。

「スクランブル、参上!」

千二百四十五匹目の羊が閃光《せんこう》を放ち、スクランブルに変わった。

「……なんだよ眩《まぶ》しいなあ」

言って、思い当たる。

「ああ、そうか夕飯か。まだだったな」

今までは真白が導いていてくれていたけれど、ちゃんと夜の食事もパターンに追加しておかないと。

御剣は頭の片隅にメモをして立ち上がった。冷蔵庫からカットサラダとドレッシングを取り出す。

「今作るから待ってろ」

およそ半年ぶりの自炊だったが、サラダを皿に盛りつけてドレッシングをかけるくらいのことは造作《ぞうさ》もなかった。

「………月が、綺麗ですね」

米をレンジに入れているとき、スクランブルが口を開いた。彼女にしてはめずらしくベッドの上にちょこんと正座で座っている。心なしか俯《うつむ》き加減だった。

外では半月と満月の中間の中間くらい満ちた月がほどほどの高さでぼんやり浮かんでいた。

「そうか？　今日のを取り立ててどうとは思わないけど」

「……なんだか雨に降られたい気分です」

「晴れてるな。冷たいシャワー浴びてみるか？」

「いきなりは……恥ずかしいです……」

「その喋《しゃべ》り方はなんなんだ？」

「おくゆかしい？」

「おかしいだけだよ」

出会った頃の彼女とも違う。変に人間らしさを出そうとして失敗しているような口調だった。

「いじわる！」

ぶくーっと丸い頰《ほお》を膨らませるスクランブル。

「なんなんだ？ もうすぐできるから『いただきます』まで黙ってろ」

「お腹《なか》、あんまりすいてない」

「でも食べるんだろ？」

「……今日はいらない」

スクランブルの声はいつもより気持ち程度小さい。

ようやく御剣は作業を中断して彼女を見た。

「なあ、おまえどうしたんだ？」

闇の中にあって、金色の髪がぼやけた月光に映えていた。両横に垂れた尾が彼女の顔を隠す。

「………乃音《のおと》」

ベッドシーツを見つめたまま、スクランブルは呟《つぶや》くように言った。

「……愛って、なんだと思う？」

喧嘩《けんか》を売っているのかと御剣は思った。売られたところで立つ腹はないし、買う気もないけれど。

「知らないよ。僕にとってはもう、おまえに奪われた要素以上の意味を持たない過去だ」

僅かにスクランブルが身を硬くした。

けれどすぐに、すとんと。彼女は上げた肩を落とす。

「……そだね。私は乃音からこの感情を奪ったんだね」

「ああ、悪い。奪ったって表現は違うな。交換したんだ。願いと」

「…………」

スクランブルはすっかり黙り込んでしまった。

そんな折、レンジが鳴った。

「ほら、『いただきます』するぞ」

御剣は一人分の皿を机に運ぶ。こんなことまで真白に任せていたんだなと、昨日までを客観的に顧《かえり》みた。

「いいのか？　僕だけ食べて？」

スクランブルは思い立って顔を上げる。

「……やっぱり私も食べたい！」

「ああ、そう」

御剣はスクランブルの分も用意して再び座った。

「いただきます」

「いただきます」

味覚のない者と食欲のない者。明かりを月に頼った部屋で二人、味けない食事をとる。

「しばらくはこれが続く。悪いな」

「いいよ」

彼が思うよりずっと、彼女が思うより些細《ささい》に、〝二人〟でいることの意味はあった。

互いに黙って食事を済ませる。ときどき箸と食器が当たって小さな音が鳴る。それだけ。

月が少し高くに昇った。

ちょうど同じタイミングで二人は食べ終わった。御剣が目を閉じて手を合わせる。

そこで唐突に、彼女は胸の内を口にした。

「…………私…………乃音が好き…………」

泳ぎそうになる金色の瞳を据《す》えて意中の人を見る。

「ごちそうさま」

先に『ごちそうさま』をして御剣は食器を水に浸した。

「乃音が好き好き大好き！」

きこえなかったのかと、今度は大きな声で。羞恥心《しゅうちしん》ではないなにかによるセーフティーを破壊して想いを告げる。

「ふざけてないで、食べ終わったならさっさと箱に戻れ」

はーい。条件反射でそう言いそうになる口を両手で押さえて、スクランブルは唾液《だえき》ごと言葉を飲み込んだ。

「ふざけてないもん！　好きなんだもん！」

「好きって、僕のどこが？」

「全部！」

「話にならない」

「でも好きなんだもん！」

御剣は悟った。スクランブルは受け取った愛情を持て余している。

こういうことは何度もあった。

自分の中に突如《とつじょ》湧《わ》いて出たものの御し方がわからず、彼女はまるでストレスを発散するみたいに生まれた要素を安売りすることがあった。記憶に新しいところでいえば、キスがうまくなった途端にうまいキスをしようとしたのがいい例だ。

悲しみなどのマイナスに働く要素の場合、発散は起こりづらい。もしかすると受け取っ

たマイナスの要素は本能的に心の底へと押し込めているのかもしれない。

そもそもエキセントリックボックスに心があるのか、愛情がプラスの要素なのか、御剣にはわからなかったけれど、こういうときどうすればいいかは経験で知っていた。

「ああ。僕も好きだよ」

とりあえず、合わせておけばいいのだ。

「ホント⁉　ホント⁉」

御剣は窓を開けた。心地良い夜風が暗鬱《あんうつ》とした部屋に入ってくる。夏の虫の囁《ささや》きも一緒に。

「……でへへ」

スクランブルはスクランブルのまま、ニタニタとひとりで笑っていた。鼻歌交じりで首を横に振るたびツインテールがペチペチと顔を叩《たた》く。

「はあ……」

御剣は氷室《ひむろ》のことを考えていた。

ひとつききそびれたことがあった。べつにきく必要はないしそこまで気にもならないが、謎を残したことによる居心地の悪さがのっぺりと纏《まと》わりついていた。

――なぜ氷室は自分と接点を持ちたがっていたのか。

至極《しごく》簡単なはずのその答えが、御剣にはもうわからなかった。

四等星までが見える晩。見上げた群青色の星空に、もうひとつ考えるべき矛盾を溶かす。

「ずいぶんと間に合わせな生き方をしているね。心臓はパズルピースでできていたりするのかな？」

隣のベランダから声がした。夕凪《ゆうなぎ》だった。

上下紺のジャージに裸足《はだし》。死んだ魚のような目が不健康なクマを携えて、僅《わず》かに水滴を乗せた細い前髪の下で空を見ていた。相変わらずだった。

ぷかーっと吐かれたタバコの煙が群青に溶ける。

「感性ですか？」

御剣は柵半個分の距離をおいて尋ねる。

「興味だよ」

夕凪は柵に背中を預けて少しだけ外に身を乗り出した。

彼女にとって御剣は初対面である。

「夜にひとりで空を見るため外に出るやつは、大概パズルピースが欠けているのさ」

「じゃあ、同じですね」

「そうだね。その年で私の領域にまで踏み込んでいるなんて。まったくかわいそうに」

そんな愚にもつかない言葉を並べてようやく、彼女は本来会話の頭にもってくるべき言葉を口にした。

「はじめまして。隣人くん」

「はじめまして。隣人さん」

御剣にとっては四度目の「はじめまして」だった。

昨日の今日。今回は再会のスパンがずいぶん短かったなと御剣は思う。

「夕凪アリス。引きこもりの美大生さ」

「御剣乃音。夏休みの高校生」

彼女はいつものように風呂上がりの露を滴《したた》らせ、ジャージを危機感の薄い着こなし方で羽織っていた。

「高校生の時分に少女を連れ込み告白されるとは、青春じゃないか」

夕凪は防音もなにもない薄い壁を剝《む》き身《み》の足でトンと叩く。

「隣人くんはけっこうモテたりするのかい？　あまり人を幸せにはできそうにないけど」

いかにも嫌味っぽいセリフをまるで嫌味っぽさなく言われたのは、これで四度目だった。

だから御剣もこれまでと同じように返す。嘘《うそ》や偽りを交えずに。

「こんな僕に唯一付き合ってくれていた人と、今日別れました」

「ああそう」

夕凪はまたタバコに口をつける。

「それでさっきのかい？」

「好きって言われたから好きって言っただけですよ」

「なるほど。最高だ」

ふっふっふっ。夕凪は喉《のど》の奥でおかしそうに笑ってクルリとタバコを回した。

――タバコ、やめたほうがいいですよ。昨日と同じくそう注意しようとしたとき。

「やだぁー！」

暗がりの部屋から飛び出してきたスクランブルが御剣の腰にひしと抱きついた。

「うわっと」

あまりの勢いに押されて転がり落ちそうになる身体《からだ》をぐっと戻す。

「おいスクランブル。火傷《やけど》はまだだ」

命じるまで他人に姿を見せるなと言っておいたのに。

「他の女の人と話しちゃやだー！」

ぐしぐしと丸い顔が背中に押しつけられる。

「おや驚いた」

　これはおもしろいと夕凪はタバコから口を離す。

「ずいぶん幼い声質だと思ったが、まさか本当に幼かったとは。幼女趣味かい？　相容《あいい》れないな」

「違いますよ」

　御剣はスクランブルの丸い頭を摑《つか》んで降ろした。

「今日のおまえは変だぞ」

「乃音が私を雑に扱うからだもん！」

「ふっふっふっ。これはいい」

　夕凪は柵に押しつけてタバコの火を消した。

「幼女。キミは隣人くんが好きなのかい？」

「りんじん？　私は乃音が好きー！」

「そうかそうか。でもな、幼女。好きな相手には直接『好き』なんて言うもんじゃない」

「ならなんていうの？」

　首を傾《かし》げるスクランブル。

「『一緒に死んでみたい』くらいがロックだぞ」

「やだ！」

がしっ。御剣の身体が摑まれる。

「乃音が死んじゃやだ！」

「おしいな。その場合は『だったら私が先に死ぬ』だ。相手に永遠を残してやるのはたぶん、なかなかに気持ちいいぞ」

「あんまりからかわないでくださいよ」

御剣のため息が夜の世界に溶ける。

「こいつはまだ人間として不十分なんですよ」

「それを隣人くんが言うのかい？　好きを好きと言えるだけ、少なくとも私や隣人くんよりは人間をしていると思うけど」

「そういう隣人さんも、好きだの恋だのの話をするときは普通の女の子みたいにイキイキするんですね」

「オーライ。キミはやっぱりモテる部類じゃないね。普通の女の子なら今のでカチンときてるところだ」

ふっふっふっ。夕凪は昨日より長い間笑っていた。

「ところで隣人くん。キミはどうしてそんな目をしているんだい？」

「え？」

『神代《かみしろ》』にはなっていない。まだ御剣の目は一般的な栗色《くりいろ》のままだった。

「人間味が感じられないよ」

なんだそういうことか、と御剣は柵に頬杖《ほおづえ》をついた。

「どうしてでしょうね」

曖昧《あいまい》にぼかす。

「隣人さんこそ、目が基本的に死んでますよ」

「ふっふっふっ。そりゃあ私はべつに生きていることが楽しくないからね」

「どうして？」

「どうしても」

どうしても。いろいろと勘ぐれる物言いだった。

例えば。どうしても好きじゃないのと、どうしても好きになれないのとが、似ているようで決定的に違うように。

「だから私の愛にはたぶん、いつも死への願望が付き纏う」

御剣は黙って耳を傾ける。

スクランブルはわけがわからんと言いたそうに口をポカンと開けていた。

「隣人くんは」

と夕凪は言って、その先を飲み込んだ。

「……いや、やめておこう。これでも女の子なもので。出会って初日の男子に重量を測られたくはない」

「なに？」

企《たくら》みを冗談で包むことをよしとしなかったのはスクランブルだった。

彼女が人身御供《ひとみごくう》である御剣以外に対してここまで――しかも自分からコミュニケーションをとったのは初めてのことだった。

やはり愛情を受け入れてから、スクランブルはいつもより目に見えて変わっていた。

柵の間に顔を埋める少女に急《せ》かされた夕凪は、うーんと夜空を眺めてため息交じりに口を開いた。

「隣人くんは、例えば私が頼んだら殺してくれるかい？」

「殺さないですよ」

二桁《けた》の足し算に答えるように御剣は言う。

「そうか」

僅かばかり残念そうに夕凪は目を細めた。赤い髪は朧《おぼろ》な明かりによく映えた。

「いかにも人助けをしそうな人間に見えたから、人殺しくらいわけないかもと思ったんだけど」

「どういう理屈ですか」

軽く笑って御剣は流す。流して、飲み込んで、理解した。

彼女がもう、自分を対等には見ていないことを。自分より壊れた人間として御剣乃音という存在を見ていることを。

夕凪アリスにとって、人助けは人殺し以上の破戒だった。

「………乃音のこと、好きなの？」

そう、スクランブルが尋ねた。御剣には『プリンが好きなの？』と同じ質量の問いにきこえたが、スクランブルはスクランブルなりに真剣だった。

「まさか。私の命は出会って間もない少年と心中したがるほど安くないよ」

それに、と弁解は続く。

「一目惚れ《ひとめぼ》れなんて年でもない。一目惚れが許されるのは十二歳までだ」

「なんで十二歳？」

「語呂がいいだろ」

「なるほど」

御剣にはさっぱりわからなかった。

それに、と弁解は続く。

「私はこれでも美大生なんだ」

「びだいせー？」

「そう。大金積んで隔月で絵を描いているのだ。そんでお偉いさんに見せている。いつか有名な絵描きになるために」

「有名になってどうするんですか？」

後半は初耳だった。絵を描いていることもそうだが、御剣は夕凪を、勝手に名声や金には興味のない人間だと思っていた。

「それは秘密だよ」

秘密の断片を語る夕凪の目はありふれた少女以上に輝いていた。

その秘密が死と深い結びつきにあることなど想像もできないくらい。

「だからその夢を叶《かな》えるまでは死んでやらない」

真っ赤な髪は月夜を飾り、細くまっすぐな瞳は世界の裏側にある太陽を睨《にら》む。

夜にだけ咲く花よりも儚《はかな》く。朝の日差しを浴びる雑草よりも強い意志がそこにはあった。

「こんな私は、どうだい？　隣人くん」

「意外でした」

「それで？」

「死にたがりなあなたと、生きたいあなたが、うまく折り合いをつけられたらなあと思いました」

そうなったら、もしかしたら彼女はタバコをやめるかもしれない。

「ふっふっふっふっふっふっ」

六連府で夕凪は笑う。

「この関係、最高に気持ち悪いね」

昨日もきいたセリフだった。けれど今日は、なにを指して彼女が笑っているのか、御剣にはわからなかった。

「さっきの言葉、隣人くんにそっくりそのまま返すよ」

彼女は最後まで小さく笑いながら、これ以上は湯冷めすると言って部屋に戻っていった。

鼻から息を吐き出して、御剣もスクランブルを連れて同じようにする。

関係性にもし勝ち負けがあるとしたら、今回は夕凪の勝ちだった。

「乃音ー」

そんな勝負など関係なく、スクランブルは自身の内から込み上げてくる愛情に従って御剣にこびりつく。

「ボックスに戻れ、スクランブル」

バタリと倒れる二人の身体をベッドが弾んで受け入れる。

「キスしてくれたら戻るー」

「いいから戻れ」

「……はーい」

やや強い口調で命じられ、渋々スクランブルは言う通りにした。

人間が折りたたまれて立方体になる。その立方体を御剣がまた天井に投げようとしたとき。

——ガゴン。玄関扉が一回叩《たた》かれて、懐《ふところ》に荷物を受け入れた。

「……？」

こんな時間にルートポスティングかと訝《いぶか》しがりながら、御剣は郵便受けの中を覗《のぞ》いた。

真白からの手紙が入っていた。

◆

やたらと靴音が反響する階段を上る。夏の蒸し暑さを寄せつけないアクリルは冷たい。

うぐいす色の壁に四方を囲われた、まさに上に上るためだけの場所。目の前には十四階の表示。その先には錆《さ》びついたノブを突き出したドアが行き止まりみたいに立っていた。

御剣はノブを捻《ひね》る。キイィと嫌な音をたててドアは開いた。

閉塞感を叩いて延ばしたような階段の先には開けた夜が佇《たたず》んでいた。粒ほど近づいた、欠けている月と薄らぼやけた星。大三角と大熊の間を明滅する鉄板が羽を生やして飛んでいる。遠くのほうには高い建物がいくつか。街の明かりのほとんどがこちらを見上げている。西には海、東には落日《らくじつ》ストリートが眠っていた。一軒家の住宅なんかは宛《さなが》ら地面に落ちたおもちゃだ。平面のセメントが縦に広がり、端を囲うざらついた壁は簡単に乗り越えられそうだった。

そんな屋上の真ん中に、少女が立っていた。

高い場所はそれだけ吹く風も強く、括《くく》られていない無防備な黒髪が海のほうに流れていた。まるで夜が漂っているようだった。

セーラー服と紺のフレアスカート。学校指定のニーソックスとスニーカー。彼女の装いは今朝と変わらない。

「話って?」

御剣は懐に手紙をしまった。

少女はそよぐ髪をおさえてゆっくりと振り返った。

「大事な話だよ」

真白セツミの弱った声は細かな波形を描いてなんとか御剣まで届いた。

「乃音、ケータイは？」

「ああ、捨てた」

連絡をくれる相手はもういない。ならば願いも叶えない物を持っている意味はなかった。

「捨てたって……それじゃ話もできないじゃない」

「ああ、悪い」

御剣は謝る。責められる覚悟はできていた。

「私がどうしてここに呼び出したか、わかる？」

「ああ、悪い」

真白は笑った。

「なにが？」

「一方的に別れを切り出して」

彼女の奥歯が軋《きし》む。

「私のこと、もう好きじゃなくなった？」

感情のない淡々とした問いが三メートルを泳ぐ。

感情のない淡々とした答えが三メートルを泳ぐ。

「ああ、悪い」

「なにが？」

「好きじゃなくなって」

「どうして？」

「え？」

エキセントリックボックスは腰に巻いたポーチの中で静かにしていた。

「……ねえ、乃音」

「ああ」

「私たちって、いつから付き合ってたんだっけ？」

「……わからない」

「私も」

あるいはその関係は、どこかでなし崩し的に始まったのかもしれない。「好きだ」という言葉もないままに。

「じゃあ、私たちってどうして付き合ってたんだっけ？」

「……わからない」

「…………わからないかあ……」

真白の心臓がパズルピースを象《かたど》った。思い出という絵を完成させるために一欠片《かけら》ずつ機械的に抉《えぐ》り取られていく。

「私はたぶん、お互いに好きだから付き合うんだと思うよ」

「ああ」

「だから私はそういう理由で付き合ってたよ」

「ああ。僕もだ」

「そっか」

少女の心が今と過去で分離していく。

「その『好き』を、僕は失《な》くしてしまったんだ。失くしたのに、この関係を続けるわけにはいかない。関係で真白を縛るわけにはいかない」

「どうして?」

「え?」

「どうして失くしちゃったの? 私、なにかした? 写真のことで怒って、嫌われたかな?」

「違う」

どうして失くしたか。エキセントリックボックスに愛情を格納されたからだ。

けれどそんなことを真白に伝えるわけにはいかない。普通の人間には信じられない荒唐《こうとう》無稽《むけい》な話だし、もし信じたとしたら、彼女はきっと僕の境遇を思って胸を痛めるだろう。

最小価値である自分のために彼女が傷つくことは望まない。

そんな思考が真実を隠す。嘘《うそ》をつかずに真実を霞《かす》ませる。

「僕は真白のことを嫌いになんかなっていない」

「じゃあどうして？」

「嫌いじゃない。ただ、好きでも嫌いでもない存在になっただけなんだ」

少女の心はバラバラに分解され、彼女の中にいくつもの思い出を象った。

「………は……っはは！」

その絵の全てを、彼女は笑いながら破壊してまわった。無の暗黒に喰《く》われて形のなくなった心臓を携えて。

「っはははっ！　ははっ！」

鈍器。ライフル。果物。麦わら帽子。紫。自転車。文房具。答案用紙。宇宙の向こう。放課後。テレビゲーム。明日。トランペット。バスケットボール。小説。

実体のある物から、事象、概念に至るまで。全てのものを笑いながら投げて、彼女は彼女の絵を破壊した。それらは途中から彼女の指示を待たずに覚えた破壊を繰り返した。

数千。数億。無数のひび割れたピースが無秩序に暗黒へと散らばる。

「ははははは！　ははは、はぁ……！」

広大な夜の闇を背負って、少女は屋上で息をするのも忘れて笑う。

心はもう見つからない。

「真白、どうしたんだ？　大丈夫か⁉」

御剣は彼女の豹変《ひょうへん》ぶりにたじろいだ。その理由もわからずに。

『大事な話がある。屋上に来て』

それだけが書かれたノートの切れ端を受け取って御剣はここまできた。

彼と彼女の〝大事な話〟は笑えるくらいに違っていた。

事実は事実として、覆しようのないものとして。御剣はのこのこと責められにやってきていた。そのことも含めておかしくて。真白セツミは涙を流しながら笑った。

「…………無色透明」

言葉にして、彼女はようやく息を吸う。

「……乃音。わかる？　好きでも嫌いでもないっていうのは、嫌いになられる以上に……

くるんだよ？」

御剣は自分の言葉が、心が、彼女を傷つけたのだという認識に至らない。至れない。接点を持った人間から忘れられることにさえ無痛でいられる御剣には、自《みずか》らの悪徳がわからない。自分を最小価値に置いた御剣には、自分に最大の価値を見出《みいだ》す人間の気持ちがわからない。

御剣乃音は壊れている。

「悪い」

「うん。悪いよ。同じくらいに、私も悪い」

「……？　真白は悪くない。一方的に関係を切ったのは――」

「――乃音」

長い息が透明な夜風にさらわれた。

「今日、愛情を失くしたんでしょ？」

「……ああ」

「じゃあ……」

彼女は線を引いた。最初から壊れていた関係の輪郭をなぞった。

「乃音は昨日まで、ホントに私のこと……好きだった？」

当たり前だと御剣は頷《うなず》く。愛情は今日失ったのだから。

「じゃあ……」

真白は言葉にする。なし崩しで繋《つな》がっていた関係に鋏《はさみ》を入れる。

「乃音は私のどこを愛してたの？」

星が瞬《またた》く。月が移ろう。鉄板が空を飛ぶ。街の明かりが消えていく。

数秒待っても、十年待っても、答えは返ってこなかった。

あるいはその沈黙が、何にも勝る最悪の——圧倒的な答えだった。

「………僕は……」

どうして答えられないのか。

どうして言葉が出てこないのか。

どうして口は噤《つぐ》まれるのか。

まるで御剣乃音が御剣乃音に縛されているよう。恨みのように。怒りのように。捨てられた要素が束になって今の彼を痛めつけているかのよう。

心が、軋んだ。

愛情という感情は忘れた。もう御剣がだれかを愛することはない。

それでも、過去にどう愛していたかは伝えられるはずなのだ。

打算を失い信念に突き動かされるようになっても、それまでどんな打算をしていたか思い出せるように。悲しみを失っても、どんなふうに悲しんでいたか覚えているように。キスのうまさを失っても、どんなふうにキスをしていたかは知っているように。どんなふうに彼女を愛していたかは、伝えられるはずなのだ。伝えられないはずがないのだ。

分解された心が、軋んだ。

「僕は……！」

どうして思い出せない？

どうして覚えていない？

どうして知らない？

愛がなにかわからなくても、どう愛していたかはわかるはずだ。どう思って、どう感じて、どう行動して、どうなったか。彼女がなにかをしてくれたときにどう思ったか。自分が彼女のためになにかをしてあげたときにどう思ったか。彼女に対してどう接していたか。自分の中の特別を探す。他の人間と、有象無象《うぞうむぞう》と真白の違うところを探す。

考えるたびに、ない心が、軋んだ。

「僕はッ！」

探す。探す。考える。考える。思い出す。思い出せ。あるはずだ。なにかあるはずだ。共通点。相違点。呼吸が荒くなる。疲れはないのに苦しい。痛みはないのに心が悲鳴をあげる。

御剣乃音が分解されていく。

「……乃音は……」

身体《からだ》が重たい。沈んでいく。セメントの大地に沈んでいく。

「乃音は私のことを……」

立っていられなくなる。倒れる。心が、砕け散る。

「………最初から愛してなんかいなかったんだよ」

最初から見えていた真実を告げた真白の瞳から雫《しずく》が垂れて流星となった。

星も、月も、空飛ぶ鉄板も、街も、その雫は他の光を全部吸収して残酷なほど美しい輝きを放ち、落ちた。

冷えた地面に落ちて弾けてシミになるまで、一瞬一瞬見る角度によって光り方を変える様は、人間から生み出された——形のないエキセントリックボックスのようだった。

パチンと。感情の雫が弾けて消える音がした。。

同時に、蹲《うずくま》る御剣のポーチから独りでに飛び出した本物のエキセントリックボックスが夜を打ち抜き、閃光《せんこう》で切り裂き、空を掻《か》き消して展開した。

「スクランブル、参上！」

大の字で打ち上がった花火は火種を撒《ま》き散らすことなく砲台の下まで急速に落下してメンテナンスを始める。

「乃音！　しっかり！」

すっすっはー。すっすっはー。彼女は彼女なりの深呼吸を実践して教えてやる。効果はなかった。

こんな症状は今までなかった。御剣自身、疲労と痛みの概念を失ってから、こんな状態になるのは初めてのことだった。人を殺しても、殴られても、軽蔑《けいべつ》されても、微笑《ほほえ》まれても、忘れられても、こんな状態になることはなかった。ない心が軋むなんて。いかにも傷つけられたみたいになるなんて。苦しんでいるみたいに、葛藤《かっとう》しているみたいになるなんて、今までなかった。スクランブルも動揺している。

「人型に展開する立方体。金色の髪。金色の瞳。景色を反射する服。小さい女の子」

真白は驚きを刹那《せつな》で飼い殺し、上から下までスクランブルを観察すると、垂れた目尻を吊《つ》り上げて睨《にら》みつけた。

「……あなたがスクランブルね」

視線に乗せられた、複雑に入り組んだ負の感情を一言で表すなら——それは憎悪だった。

「どうして、真白が」

御剣は擦れた声を絞り出す。スクランブルのことを教えたことも、スクランブルが勝手に彼女の前で展開したことも今までなかった。

真白はスカートの裾から一枚の便箋を取り出して、そこに書かれていた文字を無機質な声で読み上げる。

『エキセントリックボックスは人の願いを叶《かな》える』

鼠《ねずみ》が駆け回ったような文字だった。

『その代償に使用者は人格を破壊され、周囲の人間から忘れ去られる。エキセントリックボックスは——呪われた箱だ』

文頭を読み上げられた便箋は空飛ぶ鉄板を真似《まね》て夜の世界を優雅に飛行し、当然のように墜落していった。

「おとぎ話みたい」

理由はわからずとも、だれが送った手紙なのかは明白だった。御剣のことを調べ上げ、エキセントリックボックスについて知る唯一の人間——御剣と同じ人身御供《ひとみごくう》。

　氷室棗《なつめ》は既に行動を開始していた。

「半信半疑だったけど、今目の前で起こったことで全部が繋がった。突然乃音の両親が乃音を置いてどこかへ消えたのも、最近の乃音から人間味が薄れていたのも、愛情を〝失《な》くした〟なんて表現も、全部一点に集束してる」

　心配そうに名を呼びながら主人の身体を揺するスクランブル。真白の答え合わせは解を口にするより早くに終了し、ふいに力の抜けた息が漏れた。

「……はあ……」

　コツン、コツン。靴音が鳴り、次第に速くなって御剣へと近づいてくる。

　そうして彼の目の前で、真白はスクランブルを押し倒した。

「全部おまえのせいだ」

　二股に分かれた金髪の片方が呪言とともに千切《ちぎ》れるほど乱暴に引っ張られ、身体ごと地面に打ちつけられる。元々軽い身体だ。真白の力でも彼女をどうにかするのは容易《たやす》かった。

「あうっ……！」

　上擦《うわず》った呼吸音を遠ざけるスクランブルの呻《うめ》き声が、御剣の耳に居心地悪くこびりついた。

「真白……！」

満身創痍《まんしんそうい》の身体を起こす。視線の先では真白がスクランブルに跨《また》がり、隠し持っていた刃渡り十二センチのカッターナイフを振り上げていた。

「ッ、やめろっ!!」

咄嗟《とっさ》に、叫ぶ。

あの優しい真白がなぜこんなことをしているのか。こんな自分のために泣いてくれた真白がなぜ他人に刃物を向けているのか。そんな疑問を全部後回しにして、叫ぶ。

彼の叫びは、自らの荒い呼吸によって削り取られた。

結局蚊の鳴く声にしかならなかった制止は届かず、なんの歯止めもなく、まるでそれが正しいことであるかのように、カッターナイフはスクランブルの胸に突き立てられた。

「あっがっあぁぁあああ!!」

幼い少女の絶叫は、夜の群青を侵食した。

真白はカッターナイフを抜いた。血はついていなかった。

カッターナイフは血を求めて少女を弄《まさぐ》る。鋭利に肉を抉《えぐ》り取る。ナイフが肉を抉るたび、少女二人の苦しそうに悶《もだ》える声が空気を揺らした。

「死ね!!　いなくなれ!!　消えろ!!　この、悪魔が!!　うぅ……!!」

生ぬるい汗が滴《したた》り、垂れ落ち、灰色の地上に染みていく。凶器はべとついた液体を闇に払って少女を貫く。

「痛い!! いたいぃいいいたいぃいいいいい!! ううう、う、うぅっぅううう!!」

肉の千切れる音。繰り返し刺激される痛覚の奔流《ほんりゅう》。屈しまいと唸《うな》る獣のように、蒼白《そうはく》の顔でギリギリと歯を噛《か》み合わせ、少女は眼光のみで刺し返す。

絶え間ない二人の絶叫は幾千日のように続いた。散った飛沫《しぶき》の黒点はいつしか赤い溜《た》まりになっていた。——否。それは真実ではない。そこに血などはただの一滴も流れてなどいない。

これは馬乗りになった少女が無抵抗の箱に振りかざす一方的な暴力だ。それでも両者の苦悶《くもん》に歪《ゆが》んだ叫びが群青を揺らし、シミになった汗はたしかに赤く、ドス黒く、濁った血のように御剣には見えた。

自分のよく知る——自分をよく知る世界でたった二人の存在が、心の血を流し合っていた。

「……操られて……いるのか……?」

「私は正常だよ! 普通だよ! そんなこともわからないの!?」

酷《ひど》い悪夢を見ているようだった。いつからか過去をなぞることしかしなくなった夢が、

思い出したようにみせる最悪。最小価値である自分のために、自分にとって最大価値である少女が狂気に身を堕とす夢。夢から覚めたいと思ったのはずいぶんと昔以来だった。

「真白……！」

重心を留めない足で進み、悪夢の象徴へと伸ばした手がピタリと止まる。この状況をなんとかしたいはずなのに、思いから離反した身体が停止する。

──彼女の言う通りだ。僕は真白セツミを愛してなどいなかった。ただ愛されていただけだ。その愛に浸《つ》かっていただけだ。与えられても与えることはなく。心配されても心配することはない。

必要以上……彼女に対して必要以上の感情は持ち合わせていなかった。

他と同じ。困っていたら助けるし、ガラクタのような自分のために手を煩わせてしまったら申し訳なく思う。でも、思うだけ。

エキセントリックボックスは──今なお目の前で幼い身体を痙攣《けいれん》させて耐えようのない痛みに耐えている少女は──僕から要素以外に他人との繋《つな》がりを奪っていった。両親から始まり、深い縁も浅い縁ものべつまくなしに。

──違う。それは正しくとも正解ではない。エキセントリックボックスではない。僕だ。エのべつまくなしに縁を切っていったのはエキセントリックボックスではない。僕だ。エキセントリックボックスは現象でしかない。その現象を引き起こしていたのは僕だ。

それでも。真白との縁だけは、なんとか切らないように過ごしてきた。それはたぶん、僕が唯一無意識にしていた取捨選択。打算を失った僕になぜかできていた逃避。〝救わない〟という選択。その無意識を言葉にして、僕は彼女を自分にとっての最大価値に置いた。

けれど、それは矛盾だ。

僕は真白を最も大切な人に認定しておきながら、最も大切な人として扱ってはいなかった。

そしてたぶん、間違っていたのは認識のほうなのだ。

あるいはどちらも間違っていないのかもしれない。

その場合、間違っているのは――正しくないのは――。

――御剣乃音――矛盾を抱えた僕自身だ。

昨日、キスをしなかったのは。

今日、たった数秒で愛を千切る決断ができたのは。

今、本当の孤独に向かおうとしているのは。

全部。

御剣乃音が最初からだれも愛してなどいなかったから。

同時に。

他人に価値をつけたところで結局、自分がいつかその値踏みした相手から忘れられることを知っていたからだ。

どんなに愛しても。どんなに親しみを覚えても。必ず相手は自分のことを忘れてしまう。そうなるよう、いつか自分でエキセントリックボックスを使ってしまう。

「…………ああ、そうか」

心と身体が繋がって、不自然な硬直は解けた。正確な答えというものはそれほどまでに存在を自然な状態に戻す。

結局、御剣乃音はだれも——自分にすらも——最初から価値など見出《みいだ》してはいなかったのだ。

人を勝手に助けていたのは結局、そうすることで自分は価値判断ができていると思いたかったからなのだ。最小価値の自分にも、大切な人間がいると思いたかっただけなのだ。

御剣乃音は、真白セツミを愛していると思いたかっただけなのだ。

「そういうことか……」

今ここに判明した。

愛情という概念を失った御剣は、愛情という概念を失ったからこそ、そのまやかしに気がついた。愛がなにかはわからずとも、自分がだれにもなにかを期待していなかったことには気がついた。愛がだれかになにかを期待するものなのか、それはやはりもう御剣にはわからない。それでも。

自分が間違った、矛盾した存在だということは、この瞬間に理解した。

だから御剣は動いた。

「やめるんだ」

振り降ろされたカッターナイフは少女の目前で進行を阻まれた。御剣の手によって。

ガクガクと震える手のひらから、本物の血が流れ落ちた。ダーツの的を射抜くように右手中央を貫通したカッターナイフは御剣に突き刺さったまま、真白の手から奪われた。

「あっ……」

真白は間の抜けた声を出して固まる。

優しかった目は凶器の形に引きずられて吊《つ》り上《あが》り、きめ細やかな白い肌は噴き出した汗の粒と涎《よだれ》と涙によってぐじゅぐじゅに濡れていた。毛先を暴れさせて乱れた黒髪が冷たい夜風にそよいだ。

「もう、いいんだ」

無機質な声が彼女を諭す。

どんな目的があろうとも、真白がこんな蛮行を望んでやるはずがなかった。

では、やはり氷室に操られているのだろうか？　スクランブルを刺すようにエキセント
リックボックスを使って命じられているのだろうか？

違うと、今の御剣にはわかる。

彼女と出会ってからもう一分以上が経っている。効力はもう消えているはずだ。なのに。

「返して！」

一瞬魂を抜かれたように動きを止めた真白だったが、すぐに狂気の淵《ふち》へと戻り、御剣の手から刃物を引き抜こうとする。

——食事をするときにはちゃんと「いただきます」と「ごちそうさま」を言うこと。

このマンションに越してきてすぐ、真白に言われたことだった。そうするのが正しいことなのだと。人は正しく食物に敬意を払うべきなのだと。

真白は御剣を傷つけたことを謝るより、自《みずか》らが定めた敵の排除を優先した。それは正しいことなのか。今の御剣にはわからない。

もう御剣には、なにが正しいのかわからない。

けれど、なにが間違っているのかはわかっていた。

「こいつは殺さないといけない！　乃音の人生を狂わせたのは全部こいつだ！　こいつが

全部悪いんだッ！」

　スクランブルは口から唾液《だえき》と胃液交じりの泡を吹き出して断続的にビクンビクンと震えながら伸縮を繰り返していた。

「私が乃音を救うんだ！」

　壊れた少女は繰り返す。救うために殺すのだと。

　暴走する歯車がふいに優しい声音を出した。

「殺して、乃音を人間に戻す。そしたら……またもう一回付き合おうよ、乃音。今度はちゃんと、キスをしよう」

　それはやはり、歪《いびつ》な贋作《がんさく》の優しさだった。

　御剣は口を開く。

「もういいんだ、真白」

　それもやはり、偽物の優しさだった。

　どこかの部品が欠落した壊れ物は、壊れた音しか奏でない。

　御剣は刺さったナイフを顔色ひとつ変えずに抜き取ると、血に流れるままを許してナイフを屋上から捨てた。

「あっ……！」

緩やかに回転しながら凶器は夜の向こうを目指し、やはり当然のように墜落して見えなくなった。

「スクランブルを——エキセントリックボックスを破壊したからといって、取引した要素が僕に返ってくることはない。痛みも悲しみも愛情も、もうこいつのものだ。そもそも、現象であるエキセントリックボックスを破壊することはできない。どれだけ凄惨《せいさん》な仕打ちをしても、人を真似《まね》た箱が苦しむだけだ。消えたりはしない」

「そんな……！」

「ごふっ……！」

スクランブルが泡を逆流させて息を吹き返す。窒息《ちっそく》感を覚えて首を縦にし、上体を起こす。それから未《いま》だ引くはずのない痛みに呻《うめ》きながら転がり回った。

「あの日こいつと人身御供《ひとみごくう》の契約を交わした時点で、僕は正しさから外れていた。それを自覚しておきながら、僕はまだ正しくあろうとしていた。正当化できない一方的な人助けに酔っていたんだ」

「そんなことない！　人を助けるのはいつだって正しいよ！」

「じゃあそうなのかもしれない。でも正しかろうが間違っていようが、スクランブルを痛めつけてもなんの解決にもならないんだ」

「それでも!!」

真白の怒りは消えたりしない。年来の恋の成就《じょうじゅ》——その始まりから終わりまでを歪《ゆが》めた存在を許しはしない。

「それでも私はこいつを許さない！」

真白がスクランブルの胸ぐらを摑《つか》み上げる。

「私は！　乃音のことがずっと好きだった！　乃音がひとりになるより前……小さいときからずっと！　優しいところ、人を放っておけないところ、よく笑うところ……その全部をっ！　私の知らないところで順調にこいつは奪ってたんだ!!」

真白と御剣の仲は、御剣がエキセントリックボックスと出会ってからより長い。

恋がなにかもぼんやりとしかわからない頃に真白が抱《いだ》いた好意の対象を、エキセントリックボックスは存在以外根こそぎ奪おうとしていた。真白が一番好きな人の好きなところを、全部。

「乃音を返せ！　エキセントリックボックス!!」

「違うんだよ、真白」

スクランブルが大きな金色の瞳で真白を睨《にら》む。無言の眼圧には怒りや恐怖以上に強い感情が宿っていた。

「なにが違うの⁉　こいつは乃音を――」

「そいつがいないと……僕はあの日死んでいたんだ」

「……えっ？」

御剣は淡々と語る。いつも夢の最初に出てくる光景を。

「もしかしたら父さんの目論見《もくろみ》通り、僕は見逃されたのかもしれない。じゃあ、父さんと母さんを失《な》くした僕は、それまでと同じ僕でいられただろうか？」

御剣は知っている。エキセントリックボックスなどなくても今の自分と同じくらいに歪んでしまっている人を。

「あの日エキセントリックボックスが僕の前に現れなかったとして、使うのを拒んだとして、僕に残された可能性は、見つかって殺されるか、両親を失って壊れるかの二つだ。けれどエキセントリックボックスに頼ったおかげで、スクランブルが助けてくれたおかげで、僕は生き残ることができた。エキセントリックボックスは僕に、両親を失わずに生きて壊れる道をくれたんだ」

「ッでも……！」

刹那《せつな》言い淀《よど》んだ言葉が、瓦解《がかい》した理性を置いて口をつく。

「乃音は結局お父さんとお母さんをなくしてるじゃない……！」

「ああ。だから一緒なんだ。エキセントリックボックスがあってもなくても、僕は生きているためには壊れるしかなかった。だから真白、キミが殺したいと思っているその人型は——僕にとってなんの影響もない存在であり、現象なんだ。他が等しくそうであるように」

御剣乃音にとって大切なものなど、この世界のどこにもありはしない。両親も、真白も、スクランブルも。彼にとってはただの存在であり現象に過ぎない。

「そ、んな……」

解けた手からスクランブルが落下する。ドサリ。受け身もとらず尻餅《しりもち》をつく。

「悪い、真白。最後にもう一度、僕はここに宣言しておく」

表情はなく、色もなく。無機質に、淡々と。体温ごと人間味は消え失《う》せて。

言葉は紡《つむ》がれる。

「キミの言う通りだった。僕は初めから、真白セツミを愛してなんかいなかった」

怒りとか、悲しみとか、黒々と渦を巻いていた真白の感情が泡になって消えていく。

残ったのは空虚な悲しみ。

「……ッ」

知っていても。悟っていても。理解していても。言葉にして決定づけられた事実は再度真白を傷つけた。

ズキズキとひび割れた心が痛む。けれど真白がここにいるのは、御剣をここに呼び出したのは、そんな事実の向こう側へいくためだった。

「本当に、悪い」

「……だったら、これから愛してよ」

ふっと力を抜いて御剣の胸に倒れ込む。結び目の緩んだ赤いリボンがスルリと落ちた。

真白セツミは関係を修復するためにここにいる。

最初から壊れていた関係なら、もう一度新しく始めればいいと思っていた。

真白はただ、彼に愛されていたかった。

そんな切なる願望を、御剣はたったの一言で塵《ちり》にする。

「ムリだ」

肩を摑んで真白を突き放す。

「僕にはもう——いや、最初から愛情がなにかわかっていない。これからもわかるはずがない。御剣乃音は愛情を失っている。それを自覚した以上、わからないのにわかったフリをすることはできない。愛情がないのに愛することはできない」

真白の願いは切り捨てられた。

そして。真白の想いは踏み躙《にじ》られた。

「大丈夫か、スクランブル」

御剣がスクランブルを立ち上がらせる。彼女はじんじんと込み上げてくる痛みを制し、呻き声は荒い息遣いに変わっていた。

「疲れているところ悪いが、動いてもらうぞ」

屋上にはひとりの少女と「人」から外れた少年。そして人型に展開した不思議な立方体。

人身御供は自《みずか》らを献上し、エキセントリックボックスに願う。

「おまえの力を使う」

屋上にはひとりの少女。それ以外はもう、ただの現象となる。

「彼女を……眠らせてくれ」

◆

願いはなんでもよかった。髪の色を明るくしてくれとか、視力をよくしてくれとか、あの星をもっと輝かせてくれとかでもよかった。真白がいるこの場所で、『神代《かみしろ》』の力を使えれば。

そうすれば、彼女の記憶から、御剣乃音の存在が消えるのだから。

御剣が本当に願ったのは、そういうことだった。

そういう方法で、御剣は真白の願いを踏み躙ろうとしていた。

「乃音！」

真白が御剣の腕に縋《すが》りつく。

「そんなこと、私はこれっぽっちも望んでない！」

「ああ。僕が望んでいるんだ」

「どうして⁉」

「僕は真白がスクランブルをナイフでめった刺しにする姿なんてみたくない」

装飾のないありのままの言葉。

真白の表情にほんの少し安堵《あんど》が戻った。

「………わかった。じゃあそれはやめる。べつの方法で、私は乃音を取り戻す」

自分のことを考えてくれている。彼は彼の中で美化した真白セツミを求めている。

それならそれでいいと真白は考えた。

愛しい相手から人間味を奪っている人型の箱にさえ寛容であれというのなら、そういう人間を演じようと考えていた。

どんどん冷たくなっていく御剣の中にまだ自分がいる。それだけで今は許せた。それならまだ、やり直しようがあると思った。

「……違う」

と、御剣が言った。

「僕はもう、僕がキミに影響を及ぼすのが耐えられない」

自分のせいで真白セツミが変わってしまうのが嫌だ。そういうことなら、まだ大丈夫だった。そこには特別があるから。

でも。そうじゃなかった。

「違う」

御剣はさらに言葉を真意に近づける。

「僕はもう、だれにも影響を及ぼしたくない」

真意が言葉に宿る。

「僕は――キミの中から消えたいんだ」

蠟《ろう》で作られた精巧な人形のように、いかにも感情らしきものを貼りつけた顔で、御剣は真白の瞳を覗《のぞ》いた。

御剣は彼女の奥になにも感じず、真白は彼の奥にある闇に恐怖した。

真白セツミには、愛情を中心とした策謀や打算があった。

御剣乃音には、なにもなかった。

厳密には微《かす》かな灯《ともしび》としてあった願望は、全て彼の中で自己完結していた。

愛情はそれを注ぐ他者がいなければ成り立たない。

御剣の思惑には、だれも介在していなかった。

彼は彼のために生きていた。

これまでの御剣には人を助けたいという意志があった。それが壊れた思いだろうと、たしかにそう思っていたし、その思いが彼を満たしていた。

今、彼は自己矛盾に気づき、その思いを捨てていた。

もう彼は人助けを望んでいない。

たとえ自分が傍《そば》にいることで真白が救われるのだとしても、御剣はそれを拒む。

今彼が望んでいるのは、矛盾した自分の破壊だった。なぜなら矛盾したまま生きていくことはできないから。

そして生きていけないから、最終的に彼が空っぽの心で望んだのは——矛盾した自分を殺すこと。

真白の心から、自分を覚えている人の心から、自分という矛盾した存在を消すことだった。

「真白、キミの世界から僕を消す」

孤高で研ぎ澄まされた意志に、真白の全てが踏み躙られて瓦解した。

御剣の世界からはもう既に、真白セツミが消えていた。

「い、いやだっ!!」

あれだけ少女の肉をザクザクと抉《えぐ》っていた真白が後ずさり、すっかり腰を抜かしてへなへなと膝を折る。後ろでは心もとない段が彼女の首までを支えていた。

「私は乃音を忘れない！」

「いや、忘れる。エキセントリックボックスに例外はない」

言って、思い出す。

——そういえば、氷室はなぜか自分のことを覚えていた。ああ、そういえば同じ人身御《ひとみご》供《くう》だからとか言ってたな。

しかたない。あとでちゃんとその矛盾も消しておこう。

御剣はもう真白のことなど眼中になかった。

「私は乃音がいないとダメなの！」

「大丈夫。その辻褄《つじつま》も合わせられて、キミはべつの大切を見つけるさ」

「私は！　乃音じゃなきゃ……!!」

今度は真白の呼吸が荒くなっていた。

「大丈夫。その辻褄も合わせられる」

心配、などという心は持ち合わせていない。

矛盾に気づいたときから、御剣の中で急速に自己破壊が進んでいた。

もうエキセントリックボックスなどなくても、彼は十二分に壊れていた。

真白の主張は、彼が持つ暗黒の心臓に封殺された。

「さあ、スクランブル」

傍らに立つ現象を急《せ》かす。

スクランブルの痛みはもう消えていた。痛覚はあるものの、その回復速度は人間のそれとはかなり違うらしい。少なくとも、まだ。

真上に昇った半端な月が金のツインテールを光らせる。星明かりのパーカー。群青色のフィッシュテールスカート。セメント色のスニーカー。

世界の景色をそのまま浴びながら、スクランブルは大きな瞳で御剣を見上げ、膨らんだ頬袋《ほおぶくろ》を張り、彼女らしい幼い声を出し、彼女らしからぬ凜《りん》とした表情で答えた。

「おことわり!」

初めての拒否だった。

この状況で、ここにきて、初めての明確な拒否だった。

「……どうして？」

「乃音が好きだから！」

愛の告白が夜空を抜けていく。

真白は目を見張った。そしてスクランブルが刺されながら自分を睨《にら》んでいた理由を察し違えていたことを知った。

スクランブルは一方的に危害を加えてくる相手として真白を睨んでいたわけではない。

恋の仇《かたき》として、対等な立場で睨みを利かせていたのだ。

そこに至る感情は、憎悪よりも嫉妬を多分に含む。

「僕が好きなら手を貸せ。僕は恋人との縁を切るために力を使うんだ」

「やだ！」

ぶんぶんぶん。大きく三回、首が横に振られた。

「そんなことしても、乃音は私を好きにならない！」

「ああ、そうだな。僕はだれも好きにならない」

「だからやだ！」

露骨な舌打ちがきこえた。

「それがおまえの新しい望みなら、たしかに力を使ってもおまえにとってプラスにはならないだろう。でも、それは今までだってそうだったはずだ」

御剣がだれかを助けてもスクランブルに見返りはなかった。彼女にそれが与えられるのは、御剣と口づけをしたとき。彼の要素を奪ったときだ。

「今回も僕の要素はくれてやる。それがなんであっても。だからいつものようにしろ」

「やだ！」

スクランブルは頷《うなず》かない。

「好きだから、やだ！」

「僕が好きなら言うことをきけ」

「好きだから、きかない！」

御剣は腰を屈《かが》めて強引に彼女の胸ぐらを摑《つか》むと、自分より高いところまで乱暴に持ち上げた。幼い顔を苦しそうに歪《ゆが》める少女を月光が照らす。

「おまえの言葉はわからない。昔から、本質的にはずっとそうだ」

真白は絶句する。

彼女が好きだった御剣乃音はもうそこにいなかった。真白が惹《ひ》かれた御剣の要素全てをエキセントリックボックスが格納したのか。それとも勝手に御剣が失ったのか。

答えはスクランブルだけが知っていた。

「乃音は縁を切るべきじゃない。その人とも、隣の人とも、もうひとりの人身御供とも」

彼の事情に精通し、かつ彼より人間味を帯びた人型の箱が、精一杯感情を理論立てる。

「乃音は自分から不幸になろうとしてる。ひとりになろうとしてる。だれのためでもない力の使い方をしようとしてる。それは間違ってる！」

「僕の不幸をおまえが決めるな」

「私だから決めるの！」

欠けた月を背負い、無理やり宙に浮かされたまま、金色の眼で少女が御剣を見下ろす。

「私の中は乃音の要素でいっぱい。私は乃音と出会った頃の私からもうだいぶ変わってる。乃音の色に染まってる。そんな私だから、乃音を心配するの！」

苦しそうに喉《のど》を押さえながら、それでも少女は怯《ひる》まない。

「乃音はもう私の力を使うべきじゃない！」

座り込むしかなかった真白の目には、うーうー唸《うな》りながら暴力に抵抗し、心の底から御剣を心配する少女の姿が映っていた。

小学生女子一個分。やや舌足らずな喋《しゃべ》り方。自分と、自分の愛した人にとっての敵。そんな少女と自分を比べてしまう。

――私は彼女に……そして彼に対して、なにをしただろう？

ひたすら自分にとって邪魔なものを排除することに努め、再び愛されることだけに注力していた。

けれど彼女は――スクランブルは――自分に凶器を向ける私に対して愛で刃向かい、ひたすらに好きな相手を気遣っていた。あの無言の睨みには、訴えの意味もあったのかもしれない。

『私より先に向き合うべき相手がいるだろう』と。

だとしたら。

仮にどちらの愛情も正しいとして。どちらのほうが尊いかは、真白自身が痛感していた。

「…………いやだ！」

それでも負けを認められるほど、真白セツミは潔《いさぎよ》くない。

ただ、スクランブルを数秒前より人並みには思えるようになっていた。

少なくとも人に対して暴力を振るえるほど、彼女は壊れていなかった。

そんな彼女の目の前で、御剣は少女を頭から地面に叩《たた》きつけた。

「がふうっ!?」

丸い頭が一瞬先にセメントへと打ちつけられる。背中を強打したときには、彼女の首はほとんど直角に折れ曲がって内側へと向いていた。

「の、おと……？」

「おまえの主張はわかった。意味はわからないけど言いたいことはわかった。つまり僕の言うことをきくつもりがない。なら、きかせるまでだ」

タバコの灰を消すように、

「がっはっ！」

少女の腹に落とされた足がグリグリと内臓をすり潰《つぶ》す。

「なっ、なにしてるの乃音⁉」

「僕は知っている。言い分を通すときに暴力はそこそこ有効だ」

例えば少女に扮《ふん》した氷室を守るため三人を気絶させたように。御剣は間に合わせの暴力に対して肯定的だ。

今はその暴力を、他人のためではなく自分のために行使しているだけだった。

「僕の命令に従えスクランブル。おまえが拒み続ける限り、僕はおまえをどんどん嫌いになっていくぞ」

「ツいや、だ！」

上ってきた体液を口の端から零《こぼ》しながら拒絶する。嫌われても、虐《しいた》げられても、スクランブルは御剣の要求に従わない。なぜなら彼のことが好きだから。

小さなため息をついて馬乗りになった御剣は、涙目で睨み続ける少女の顔に体重を乗せた拳《こぶし》を捻《ね》じ込んでいく。

「おまえが僕に、もし考えを変えてほしいとでも、思っているのなら！　それはどうしようもなく、無駄なことだ！」

血に塗《まみ》れた拳が少女の唾液《だえき》と胃酸を撒《ま》き散らす。辺りにドス黒い溜《た》まりができていく。小さな身体《からだ》をガクガクと痙攣《けいれん》させながら、少女がその上で喘《あえ》ぐ。拳を振り降ろされるたび、涙と涎《よだれ》と他人の血液でべとべとになった顔を歪める。

「おまえに言われて、僕が決めたことを一度でも変えたことがあったか？　代償の内容で願いを取り止《や》めたことがあったか？　ない。ただの一度も。僕が命令して、おまえはそれに従う。ずっとそうだった。今さらおまえがそれを拒んでも、僕はそれを押し通すだけだ」

「ごめんなさい!!」

殴られながら、スクランブルは大きな声で謝った。

「乃音の要素を奪ってごめんなさい！　乃音を止めなくてごめんなさいっ！　ごめんなさい！　ごめんなさい!!」

「謝れなんて言ってないだろ」

スクランブルは謝り続けた。御剣は殴り続けた。永遠のような長さ、そんな光景を真白は眺めていることしかできなかった。怯《おび》えていることしかできなかった。

「ごめんなさいっ!!」

一際大きな謝罪を叫んで、スクランブルは謝る内容を変えた。

「こんな私が乃音を好きになってごめんなさいっ!!」

真白の中でなにかが弾けた。

スクランブルの謝罪は、御剣と真白の両方に向けられたものだった。

「だから謝れなんて言ってないだろ」

御剣が何度目かの汚れた拳を振り降ろそうとしたとき、

「もうやめてよ!!」

真白が飛びつくようにその手を掴んだ。

「もうやめてよ乃音！　前の乃音は……私が好きだった乃音はこんなひどいことしなかったよ!?」

吐いた言葉は全て彼女自身に返ってきて腫《は》れ物の心に突き刺さった。

「じゃあ、その御剣乃音は死んだんじゃないのか？」

心臓を剝《む》き出しにした彼女の言葉さえ、今の御剣には届かない。

それどころか、御剣はそんな真白を攻撃する。

「だいたい真白。キミは僕の好意が抜け殻であることを暴いたけど、キミのほうはどうなんだ？」

「……なにを、言ってるの？」

「御剣乃音が真白セツミを愛していなかったように、真白セツミも御剣乃音を愛していなかったんじゃないか？　そう言ってるんだよ」

真白の手が御剣の腕を放した。

摑んでいることが、できなくなった。

……この人は、いったいなにを言っているのだろう？

あまりにも的外れな糾弾《きゅうだん》が、彼女から力を奪った。

「………愛してなかったわけ、ないじゃない……！」

愛していない相手に、あんなに尽くせるわけがない。

恋をした瞬間から、真白の人生は御剣のために捧《ささ》げられていた。その瞬間がいつだったかは思い出せないけれど、御剣の両親が彼を捨ててどこかへいってしまったことを知ったときにはもう、真白は彼のために生きると決めていた。生きたいと思っていた。だからひとりになろうとする彼をひとりにさせなかった。小学校から高校まで。真白は御剣に寄り添っていた。

そんな彼女の愛を疑うほどに、御剣は〝それ〟がなにかわからなくなっていた。

「そうか。でも忘れてもらう」

御剣の破綻《はたん》した思いは暴走する。だれにどう思われようと人を助け続けたように。だれにどう思われようと御剣は真白の記憶から消えようとする。

さらに一振り拳が落とされて、少女の身体が惨《むご》たらしく跳ね、真白は再び彼の腕を掴んだ。

「やめて！」

「放せ」

御剣が真白ごと制止を振り払う。地面に倒され、彼女は頰《ほお》を擦りむいた。

けれど諦めない。何度も立ち上がり、真白は御剣の暴力を止める。何度倒されても、御剣にしがみつく。どこにもいかないでほしいと、戻ってきてほしいと願いながら。

艶《つや》のあった髪は泥で汚れ、白い肌には擦り傷を刻み、制服を乾いた汗で染めながら彼女は歯を食いしばる。

「私は乃音を諦めない！」

「………そうか」

ふいに御剣の動きが止まった。

そして拳は標的を変える。

ぐるりとその場で振り返り、一切の躊躇《ためら》いを乗せない悪魔の腕が振り上げられた。

真白を見る彼の表情にもはや愛情はなく、慈悲も感謝もどこかに捨てて、ただ自分の願いを邪魔する者として捉《とら》えていた。

最も大切だったはずの相手を、彼は自分を忘れさせるという目的のためにいとも容易《たやす》く殴ることができた。

要素を全て失うとこういうことになるのだろうと御剣は思って、機械のように冷たく硬い拳を彼女に向けた。

「ダメ!!」

スクランブルの叫びが彼を止める。

「それだけは……ダメなの……」

「それだけじゃないだろ。あれもダメ。これもダメ。愛情を持つとそんなになにもかも否定的になるのか？　でもな、スクランブル。そんなのは通らない。願いを叶《かな》えるには代償がいるんだ。この場合、どっちかの願いを叶えるためには、どっちかの願いを捨てないといけない」

つまり。

「僕の願いを叶えるか。おまえの願いを叶えるか。じゃあ選んでみろよ、エキセントリックボックス」

その選択肢は正しくもあり、間違いでもあった。

御剣の願いを叶えたくないというのも。真白を御剣に殴らせたくないというのも。どちらもスクランブル自身の願いだった。そしてどちらも御剣のことを思うからこそ生じた願いだった。

今までの御剣は自分を最小価値に置いていた。それが正しいことだとスクランブルは思わなかった。けれど、価値基準のものさしを千切りにして相手にも自分にも価値を見出《みいだ》さない今の御剣は、正しくないどころか間違っていると思った。

愛情を失う前の御剣なら、決して真白を殴ったりはしなかっただろう。偶然か、スクランブルだって殴られることはなかった。むしろ力を与えるために殴っていたくらいだ。

だからこの状況でスクランブルが求められているのは、どちらを優先するか。

愛情を失う前の御剣乃音と、愛情を失った御剣乃音——あるいは自己矛盾に気づく前と気づいた後の御剣乃音——そのどちらを優先するか。

――どちらを、愛しているか。

「…………わかった」

答えは出ていた。

スクランブルはよろよろと立ち上がり、冷徹に自分を見下ろす主人を一瞥《いちべつ》した後、真白に向かって深く頭を下げた。

「…………ごめんなさい」

その謝罪が持つ意味を真白は瞬時に理解する。

「いやだ！　私は乃音を忘れない！」

感情が爆発して身体をバラバラにしてしまいそうだった。

痛くもないのに涙が出るのは初めてのことだった。スクランブルは長い間頭を下げたままだった。

彼女は灰色のセメントを見つめて理解した。それから夏の星が瞬《またた》く群青色の夜空を見上げて実感した。

――これが、悲しみなのだと。

世界がひび割れるような地鳴りをきかせて、人身御供《ひとみごくう》にエキセントトリックボックスから力が注がれる。痛みのない衝撃だけが人身御供を襲う。

殴られるより殴るほうがずっと痛かった。

その痛みと、次第に小さく弱くなっていく真白の泣き声を受けて、スクランブルは俯《うつむ》いたまま大粒の涙を流していた。

こうして御剣乃音と真白セツミの縁は終わった。

「これでいい」

腕の中で眠る昔の恋人を見つめて彼が落とした呟《つぶや》きに同意してくれる者はだれもいなかった。それこそ、御剣自身さえも。

代償として支払われたのは優しさだった。

閑話　夜も更けて

八畳一間の四角い部屋。窓から差し込む三角の月光を境に二人は住み分かれていた。

真白《ましろ》から部屋の鍵《かぎ》を拝借し、彼女を上の部屋まで運んだ後、御剣《みつるぎ》は自分の部屋のベッドに腰を下ろして機能停止した。目を開いたまま瞬《まばた》き程度の動作もせず、ただじっと真上の天井を見上げていた。

無言で彼の後ろをとぼとぼついて歩いていたスクランブルは、部屋につくなりキッチン側の角で三角座りをしてしくしくと泣きながら洟《はな》を啜《すす》った。

まるで一枚の写真のように、二人はそこから一歩も動かなかった。御剣はいつものように投げる箱がなくて手持ち無沙汰《ぶさた》。スクランブルはなぜか立方体に戻ろうとしなかった。スカートの隙間《すきま》から月光色の下着を覗《のぞ》かせている。羞恥心《しゅうちしん》はまだ御剣のほうにあった。

あれだけの仕打ちをしておきながら下着ひとつに動じるのも恥ずかしくて、御剣はずっと天井を見ていた。

夜はもう更けていた。

「……なあ、スクランブル」

覚めない夢よりも長く、冷めた現実よりも重たい沈黙を破って口を開いたのは御剣のほうだった。

「悪いとは思ってる。でも僕には、ああするより他に方法が思いつかなかったんだ」

「……方法って？」

「僕を消す方法だよ」

問いは床に。

答えは天井に。

「消してどーなるの？」

「矛盾がなくなる」

御剣乃音《のおと》という間違った存在の影響を消せば、正しい方向へと進むはずだった人がちゃんと正しい方を向くだろう。それが御剣の考えだった。

「僕は辻褄《つじつま》を合わせるんだ。幸い、僕を覚えている人間は少ない。すぐに辻褄は合わせられる」

「それでどーするの？」

「どうって？」

「乃音の記憶をみんなから消して、ひとりになって、それから乃音はどうするの？」

「さあな」

答えなどとうに出ていた。しかし御剣はそれをはぐらかした。

「でも、とにかくそのためには、ひとつ確かめておかないといけないことがある」

「……」

「氷室《ひむろ》の記憶を消すことはできるのか？」

「できない。人身御供相手には『神代《かみしろ》』の力が効かないから」

「なるほど。だから僕はあいつの女装を見ても魅了されなかったのか」

そうなるとひとつ問題があった。

御剣は自分を覚えている人間全員の記憶から消えようとしている。だからどうにかして氷室も――と。

そこまで考えて、それが考える必要のなかったことだと気がつく。

「……あいつはいいいか」

氷室棗《なつめ》は人身御供だ。人身御供は人間ではない。人間ではなく、いずれ自分と同じようにに破滅が決定づけられている存在だ。いずれ自分と同じく現象になる存在だ。そんな相手にまで力を使う必要はない。自分が構うべき対象にあいつは入っていない。

御剣は整理する。あと処理すべき人間を。

学校で彼と親しくしている人間はいない。教師も生徒も、彼を空気のように扱っている。当たり前にそこにいて、いつか当たり前にいなくなる存在として。いついなくなったのかもわからない存在として御剣は学校にいた。

教師や生徒に悪気はない。ただ道端ですれ違った人間の顔を数秒後には覚えていないのと同じことなのだ。御剣はわざとそういうふうに生きてきた。無意識に、自分はいつか忘れられる存在なのだという諦観が働いていたのかもしれない。

真白とは個人間の付き合いだったため、彼女の両親は御剣の顔も知らない。

となると、残りはひとりだ。

「……隣人さんか」

くっくっくっ。御剣は喉《のど》の奥で笑った。

あの人ならなにかこちらから特別なことを仕掛けなくとも、いつものようにベランダに出ればすぐ火種を落とすだろう。あの人はたぶん自分で思っているよりずっと間の抜けたところがある。すぐにまた助けを必要と――。

「……違う」

思考を正す。生き方を矯正する。

僕はもう人助けなんてしない。そんな矛盾した気持ち悪い生き方はしない。隣人さんに気持ちいいと言ってもらえるような、清々《すがすが》しい生き方をする。正しく生きて死ぬのだ。

ならばやはり、自分のほうから仕掛けなくてはならなかった。今にも壁を叩《たた》き割って、寝込みを襲う勢いがなくてはならなかった。

「……いや、いいのか」

思考を洗う。論理をさらう。

べつに直接手を下さなくてもいい。隣人さんになにか力を作用させればいいのだ。なにかを願って、氷室のようになにかをさせればいいのだ。

ではなにをさせよう?

タバコを吸わせる。いや、ダメだ。あの人はすぐに手を滑らせる。今はもう隣の部屋で眠っている頃だろう。火の不始末で焼死なんてことにもなりかねない。

ベランダに出させる。いや、ダメだ。落日《らくじつ》ストリートの件を見た限り、操られた人はどうやら与えられた目的以外に対して無頓着《むとんちゃく》になる傾向があるようだ。隣人さんは絵を描いていると言っていた。もしその絵を踏んでダメにするようなことがあったら申し訳ない。

では、「動くな」はどうだ? いや、ダメだ。隣人さんがベランダでだけタバコを吸っているとは限らない。もし命令したときに吸っていたらやはり固まった指から火種が落ちて焼死体だ。

　どの考えも危険が伴う。

「……危険？」

　危険が伴うからなんだ？　真白を殴ろうとまでしたのに、今さらどうして僕は他人を気遣っている？　隣人さんの身や絵なんかを案じている？　これじゃ人助けをしていた頃と変わらない……いや、それより不自由じゃないか。

　愛情を抱いていると勘違いして真白に優しくしていたときと同じじゃないか。ありもしない優しさを他人に向けて。善人にでも思われたいのか？　嫌われたくないのか？　真白に対してそうだったように。

「ッ……！」

　そんなことを考えていると、またあの過呼吸が御剣を襲った。うまく息ができない。ない心が悲鳴をあげる。

「だっ、だいじょーぶ!?」

　俯《うつむ》いて膨れていたスクランブルが慌てて彼に駆け寄る。

　月光の境がなくなった。

「……ああ、大丈夫だ」

今回は先ほどより長くは苦しみが続かなかった。

なんとなく、御剣はこの現象の原因を突き止めていた。

――愛情。優しさ。

そんな、自分が代償として支払ったものについて深く考えると、どうやらこの苦しみは発生するらしかった。以前まで持っていた感情を心が引き出そうとして、それがないことに気づく。あるはずのものがない。ないものを必要としている。

結果、心は裂けるように痛むのだ。

なら、考えなければいいだけだった。

「……スクランブル」

御剣は思考を別の点に向ける。

即《すなわ》ち、スクランブルが命令を、願いを拒んだことについて。

理由は尋ねない。尋ねたらどうせ「愛情」が答えとして返ってくるだろうから。それはもういらなかった。

彼が心配しているのは、次に自分が願いを抱《いだ》いたとき、またスクランブルがそれを拒むかもしれないということだった。今回のように暴力を振り翳《かざ》すのは御剣にとっても望むことではなかった。

だから彼は考える。なにをすれば彼女が手っ取り早く言うことをきくのか。

答えは出た。御剣は少女の頬《ほお》をそっと撫《な》でて、言う。

「キスしてもいいぞ」

暫時《ざんじ》きょとんとして、それからぷくーっとスクランブルの頬が膨らんだ。

「……きらいっ！」

彼女はキスをしなかった。代わりに、ぐりぐりぐり。丸い頭が錆《さ》びついたドリルのようにある角度までの回転を繰り返しながら御剣に押しつけられた。肉を穿《うが》つ力は、ない。

「…………きらい……」

御剣の胸に顔を埋めながら、噛《か》みしめるように呟《つぶや》いた。

愛のないキスで少女を懐柔《かいじゅう》することはできなかった。

食欲。物欲。その他スクランブルが望みそうなものをちらつかせてみても、彼女はぷいとそっぽを向くばかりだった。

「じゃあもういい。今日は箱に戻れ」

くたびれたように御剣は言う。疲労感はないはずだが、二度もない心を軋《きし》ませて、御剣は疲れたときとてもよく似た状態になっていた。

「やだ」

今日のスクランブルは首を縦より横に多く振っている。

「反抗期か?」

「そうかもしれない」

小さな呟きが群青色の部屋に溶けた。

「……乃音をひとりにはさせたくない」

「……勝手にしろ」

鉄の仮面を被った少年の顔に、躊躇《ためら》いよりも些細《ささい》な倒錯が浮き出ていた。

それが彼にまだ残った人間味の象徴だった。

そっぽを向きながら、スクランブルは横目にしっかりとその欠片《かけら》を見ていた。

御剣乃音はまだギリギリやり直せるかもしれない。なにかきっかけさえあれば。

そんなことを思ったのは、望んだのは、今日が初めてだった。

エキセントリックボックスなんて存在である自分に対して、たまらなく苛立ったのも。

「愛情」という苦しみを知ったのも。

今日は少女にとって「初めて」が多い日だった。

そんな一日の終わり。時計の世界で三つの針が重なるとき。

最後で最初の不思議な現象が八畳一間に発生した。

■

「むひひひひ！」

勉強机に突っ伏して、氷室棗は足をバタつかせながら笑った。目の前の便箋に文字をしたため始めてから既に三度目のことである。

「やっぱ最高だよな！　思い通りに人が動くっていうのはさ」

六畳一間。水彩色の壁紙にちりばめられたデフォルメされている星々がそんな彼を見つめる。

「オレは追い詰めてやるのさ。御剣乃音ってヒーローを。そして無敵のヒーローは完成する……！」

不気味な独り言。込み上げてくる感情。

「くははははっはは!!」

溢《あふ》れた歓喜の笑い声に反応して、端の破れたふすまが開いた。

「………はい、ごめんなさい」

母の雷が落ちた。

ベッドに並べられたウサギやトラのぬいぐるみが揃《そろ》って首を小さくした。氷室も同じく。

「……おい、エキセントリックボックス」

母親という最大の脅威を吐き出した後、なんだかバツが悪くなった氷室はイスの背もたれに腕をかけて悪ぶる。

「エキセントリックボックス、展開しました」

机に置かれていたエキセントリックボックスは宙を漂い、彼の横まで移動してから展開した。机の照明よりもさらに強い暗黒を一面に放ちながら。

「拝啓のあとはなんて書くんだ？」

外側に流れた水色の髪。線のように細い青空色の瞳。胸元までを開いたドレスにヒール。そんな外見の少女に擬態したエキセントリックボックスは眉間にシワを寄せた。

「それは人身御供《ひとみごくう》としての願い、ということでよろしいのでしょうか？」

「バカ！　なんでそんな辞書引きゃあわかることにオレの要素を捧《ささ》げないといけねーんだよ？」

「では辞書を引いてください」

「それがめんどいから教えてくれって言ってんの！」

「……時候のあいさつなどがよろしいと思います」

「違う！　最後！　拝啓と対になるやつ！」

「敬具です」

「そう、それ！」

真っ黒な便箋に白いインクで「敬具」と記される。なんとか解読できるレベルの文字だった。

「文頭一文字空けとかそういうの、あったりしないよな？」

「はい。頭語と結語に文頭を下げる必要はありません」

「よし」

ふぅーっと長い息。

「それにしてもエキセントリックボックス。おまえはホントに機械みたいだな」

「私がですか？」

「あのスクランブルって呼ばれてる箱は、おまえと比べてずいぶん人間らしい喋《しゃべ》り方してたぞ。おまえもなにか名前とかつけてやったらそうなるのか？」

「いえ。呼称は関係ありません。要素をいただけばいずれ人間味は帯びます。あの箱と同じ人格になるとは限りませんが」

「あっそ」

つまらないと切り捨てて話題を変える。

「見てたか？　あの箱、スクランブル——人身御供の命令拒んでたんだぜ？」

「私は見ていないのでなんとも」

氷室は御剣と別れてからすぐに真白へ手紙を出した。御剣について知りうる真実を書き留めて。そうすることで真白はなんらかのアクションを起こし、御剣はそれを止めるために『神代《かみしろ》』とならざるを得ない。そんな計画が正しく動いたか確かめるため、氷室はエキセントリックボックスの力を使って屋上の様子を窺《うかが》っていた。

わざわざ真白を洗脳せずにいたのは、一分を過ぎても御剣に葛藤《かっとう》を与え続ける必要があったからだった。

計画は概《おおむ》ね成功して見えたが、スクランブルが御剣の願いを拒むことは想像していなかった。

あのままスクランブルがなにをされても拒み続けていたら、氷室の作戦は失敗ではないにしても成功したとはいえなかっただろう。

いや、結局成功はしていないのかもしれない。

御剣を孤独にするという目標は達成できたが、その過程では誤算が生じていた。

「なあ、エキセントリックボックス」

「なんでしょう?」

「……いや、いい」

氷室は出かかった言葉を押し戻す。

まだまだ人間らしくない立方体に感情のことを尋ねても意味はなかった。

正しいヒーロー像など彼女にわかるわけがない。おおかた、人数は五人必要だとか、それぞれモチーフカラーのスーツの着用が義務付けられるとか、そんな的を外した矢が飛んでくるだけだ。

だから氷室はひとりで考える。本当のヒーローとはなにかを。

――ヒーローが恋人や仲間に暴力を振るうことがありうるのかを。

結論は出なかった。だから暫定《ざんてい》的に、御剣は彼にとってのヒーローであり続けた。

弱きを助け、強きをくじく。そんな理想のヒーロー。

自分はその引き立て役。べつにそれでよかった。

他人を苦しめたくてしかたない自分は、もうヒーローになど逆立ちしてもなれないのだから。

「なあ、エキセントリックボックス」

「なんでしょう？」

「オレはおまえと出会ってどのくらい変わった？」

「私が変わったぶんだけ変わりました」

「嘘《うそ》つけ！　オレは最初はもっとこう、正しさを愛してたぞ！」

「いいえ。氷室様は最初からそんな感じでしたよ」

「いいや。オレは変わった。だからおまえはもっと変わっているべきなんだ！」

「はあ」

煮え切らない返事に唸《うな》りながら氷室は頭を掻《か》く。

「おまえはもっとこう、オレに興味を示したりしないのか？　あっちは、す……好き！　とか言ってたぞ！」

「興味と言われましても……」

「質問とか、要求とか」

「例えば？」

「『さっきなにを言いかけたんですか？』とか」

「さっきなにを言いかけたんですか？」

「バカ、教えねえよ！」

ため息ひとつ。エキセントリックボックスは首を横に振った。

「なにかきいてみろって」

「そう言われましても……」

エキセントリックボックスは考えて、とりあえず明かされていない部分について尋ねておくことにした。

「では、氷室様はどうして御剣様にこだわるのですか？」

「おお！　それだよそれ！　普通ならわかりそうなことだけど、まあ人間見習いのおまえにしては上出来の質問だ」

もし疲労の要素をもらっていたら、今の自分はまさしくそういう状態に陥るのだろうとエキセントリックボックスは思う。

「理由は二つある」

やや上機嫌になって氷室は口を開いた。

「ひとつはあいつがオレと同じ人身御供だからだ。そしてもうひとつ、あいつがオレの求めるヒーローに一番近いからさ」

「はあ」

人身御供同士は相手のことを忘れない。だからいろいろと話せることもあるだろう。それだけなら理由として理解することが彼女にもできた。

しかしその理由と二つ目の理由は、現状と照らし合わせれば矛盾して思えた。

氷室が言うところのヒーローと氷室自身は敵対関係にある。御剣がどう思っているかはともかくとして、少なくとも氷室は彼の邪魔をすることで敵対しているつもりでいる。憧れのヒーローの邪魔をしている。同じ人身御供の仲間としてではなく、同じ力を使う排除すべき敵としてあろうとしている。

能力を与える代わりに要素をもらう。そんな関係の相手としか思っていなかった氷室棗という人間に対して、初めて尋ねたいと思える疑問が彼女の中に浮かんだ。

「氷室様は御剣様とどうなるつもりなのですか？」

「よくぞきいてくれた！　それこそ、この計画の最終段階なのだ！」

氷室の機嫌が最高潮に達する。

「くははははは!!」

溢れた歓喜の笑い声に反応して、和紙の剝《は》がれたふすまが開いた。

「…………はい、もう寝ます」

母の雷と大岩が落ちた。

氷室はジンジン痛む頭を押さえ、咄嗟《とっさ》に立方体へと戻ったエキセントリックボックスを再び呼ぶ。

「なあ、エキセントリックボックス」

「エキセントリックボックス、展開しました」

「力を使うぞ」

「わかりました」

「この手紙を御剣乃音の部屋まで送りたい」

「代償は収集癖ですが？」

部屋に飾られたぬいぐるみ。棚の奥に押し込められたカードファイル。そんなもののことを考え、供養するみたいに目を瞑《つぶ》ってしばらく。

「……ああ。かまわない」

氷室は小さく頷《うなず》いた。

「わかりました」

エキセントリックボックスが両手を広げる。

氷室は立ち上がり、自分の腹部までしかない少女を見下ろして尋ねた。

「おまえはこの方法、嫌だったりしないのか？」

「はい。痛みはないので」

「じゃあ、痛みを感じるようになったら嫌がるのか？」

「おそらく変わりないと思います。我々エキセントリックボックスの第一欲求は、人身御供から要素をいただくことにあるので」

「……どうだかな」

スクランブルを前例に据《す》えれば、彼女の断言はひどく揺らいできこえた。

「他人の苦しむ顔を見るために生きているというわりに、よくそのことを尋ねますね」

促された通り、エキセントリックボックスは興味を示してみる。

これまでにも同じことを既に十三回尋ねられていた。

「こっちは言われた通り全力で殴ってんのに、おまえがちっとも苦しそうな顔しないからだよ」

「申し訳ありません」

小さく舌打ち。

「……ったく。ウソだよ」

「ウソ？」

「おまえの苦しむ顔だけは、なんでか見たくねえんだよ。人じゃねえからか？」

「はあ」

曖昧《あいまい》な相槌《あいづち》を打ちながら、もしかしたら前言は撤回しないといけないのかもしれないとエキセントリックボックスは思う。

ひょっとすると本当に、氷室は本来優しい人間だったのかもしれない。

「苦しまないので思いっきりどうぞ」

「ああ、わぁーったよ」

少女の身体《からだ》に少年の拳《こぶし》が捻《ね》じ込まれる。くの字に曲がってえずく少女の身体を少年は強く抱いた。

拳を伝い、願いを叶《かな》える力が少年に宿る。栗色《くりいろ》の瞳が紫に変わる。

そうして、彼がしたためた手紙は御剣の部屋に転送された。

「──今日、悪者を退治してヒーローは完成する」

■

真っ黒な便箋が御剣の部屋に突如《とつじょ》出現したのと同時刻。

壁を挟んで隣の部屋。同じく明かりを淡い月光に任せた暗がりで、ひとつの作品が完成を迎えていた。

大きく三角形に敷かれた大量の新聞紙。その上に転がる様々な形の筆。何種類もの絵の具。オイルを注がれた花瓶。いくつものキツイ色で汚れたパレットと、元は白かったTシャツ。

それらの中央に立つ三脚にかけられたキャンバス。

そこには下の汚れや散らかり具合とは無縁の、清潔で綺麗《きれい》な絵があった。

晴れ間から差し込む太陽に照らされて、草原に一本凜々《りり》しく咲いた白い花。シンメトリーの花弁を纏《まと》い、どこにも傾くことなくまっすぐ育った花。

人はいない。いた痕跡もない。なにとも交わったことのない、穢《けが》れとは無縁の存在。決して手折《たお》られることのない未来を約束されている造花みたいな一本。

数か月の、あるいは十数年の苦心を経てできあがった一枚絵を眺め、夕凪《ゆうなぎ》は呟く。

「……気持ち悪いなあ」

手に持った鉋《かんな》を今すぐにでも突き立てたい衝動を抑え、彼女は腰かけていた丸イスから立ち上がった。

絵を描き始めてから十年余り。できあがった自分の絵を見て彼女が気持ち悪いと思わなかったことはない。

技術的な話ではない。一応技術に関しては評論家を自称する者たちから太鼓判を押されている。彼女自身、表現力には一定の自負があった。あえてバランスを崩してその不調和を美とするくらいの実力はあった。

彼女が気に入らないのは、もっと根源的で致命的な部分だった。

夕凪アリスの描く絵は、必ず彼女の表現したい事柄から遠ざかった。

本当はもっとドロドロでぐちゃぐちゃしたものを描きたいのに、いつの間にか彼女の絵からは血や暴力や激情が消失し、口当たりのいい称賛を得る小奇麗《こぎれい》な一枚ができあがっている。

こんなものは偽物の絵だと夕凪は思う。嘘《うそ》で塗り固めた気持ち悪い絵。自分の求める気持ち悪い気持ちよさと真逆にある、見る者を気持ちよくさせる気持ち悪い絵。

けれどこれが評価を受ける絵なのだ。だったら今はこの絵でいい。

「……ふっふっふっ」

夕凪は納得のいく絵を描けたことがない。そこに表現したいことを込められないから。

しかし、彼女には確信があった。直感的な確信だ。

——人目を惹《ひ》くほど有名になれば、夕凪アリスはきっと表現したいものを表現できるようになる、と。

称《たた》えられる必要はない。ただ、注目を集める必要はあった。だれかに見られている必要があった。

それだけで、彼女は彼女だけの芸術を生み出せる自信があった。

「……本当は、隣人くんに見られているだけでもよかったんだけどね」

主に少女の声でうるさかった壁の向こうに視線を飛ばして苦笑する。

「どうやら隣人くんもなかなかに大変らしい」

夕凪は鬱屈《うっくつ》とした気分をシャワーで洗い流した。

濡《ぬ》れた身体を適当に拭いてからジャージを着るとベランダに出る。ベッドに置いておいたタバコとライター、それと飛行機型に折られた黒い便箋を手に取って。

ちらと隣を見て、だれもいないことにちょっとだけ悲しくなった。

気晴らしのタバコに火をつけ、口許《くちもと》まで持っていってまた苦笑。

「……十二歳はタバコも吸えないじゃないか」

夕凪はそっとタバコの火を消した。

街明かりも消えた群青色の闇へ、彼女はそっと紙飛行機を飛ばす。

真実を記した手記が闇を飛ぶ。もう戻ってくることがないように。

「魔法使いは今、どのくらい間に合っているんだい？」

柵に腰かけ月を見上げる夕凪の夢は、そして今日叶うのだった。

彼女の望んだ死をもって。

■

日を跨《また》いで真白セツミは目を覚ました。彼女が『神代《かみしろ》』の有効時間を過ぎても眠り続けたのは、単純に人の自然として身体が睡眠を必要としていたからである。

真白の心身は限界まですり減っていた。昼に御剣からの電話を受けてより、ずっと。

起きてからまず、彼女は暗がりの部屋で照明のスイッチを入れる。時計を見る。深夜二時。ずいぶん変な時間に目を覚ましたなと思った。

今日の吹奏楽部の練習は午後からだ。ずっと起きておくには時間がありすぎる。どうにかもう一度眠ったほうがいいだろう。

彼女は枕元に置いてあったラジオのスイッチを入れる。深夜らしい落ち着いたジャズナンバーが流れていて耳に心地いい。部屋の明かりを落とし、サイドテーブルの間接照明に身を委ねる。

ケータイが鳴った。

母親からだった。無視した。

こんな時間にかけてくるなんて相変わらず常識のない親だ。うまくやっているかとか、足りないものはないかとか。いつものそういう話だろう。だから応じないという対応で大丈夫だと伝える。それくらいの反抗期はあってもいいと思う。コンクールも近い。料理を作って洗濯と掃除もしてあげないといけない。心配なのはわかるけれど、親とあれこれ話していたい気分ではない。

「…………うん？」

——だれの料理を作ってだれの服を洗ってだれの部屋を掃除して〝あげる〟んだろう？一人暮らしの自分に世話をする相手なんかいない。

……なにか大事なことを忘れている気がした。そしてそれはもう、二度と思い出せない気がした。

「……あれ？」

垂れた目尻から一筋の涙が伝った。傷ひとつない頬《ほお》に。

ケータイには知らない名前からの着信があって、自分はそれに応じていて、そのことを覚えていなかった。

かけ直す気にはなれなかった。時間も時間だし、たとえ相手が起きていて、自分のことを知っていたとしても、不思議と電話は繋《つな》がらない気がした。電波も届かないくらい、離れてしまっている気がした。

胸がぎゅっと切なくなった。

しかしそれも一時間もすると落ち着いて、ラジオを消した彼女はまた眠りにつくのだった。

夜の間、一度もフローリングの床が下からノックされることはなかった。

真白セツミは御剣乃音を忘れていた。

忘れたくないという思いは実ることなく。なんの奇跡も起こらずに。

しかし彼女は数日を待たずして再開することになる。

壊れた人間と人型の箱に。

■

落日《らくじつ》ストリートから昇った太陽が西の海に三角形の影を刻み、六人は集い、そして——

たったひとりの願いが叶えられる。

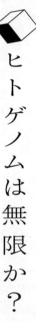

ヒトゲノムは無限か？

『拝啓。午前十時、あなたの大切なものをいただきに屋上へ参上します。敬具』

氷室《ひむろ》からそんな手紙が届いた。およそ十時間前のことだった。

「いくの？」

「ああ」

御剣《みつるぎ》は部屋を出る。一睡もしていない淀《よど》んだ目を朝の光がぐわぐわと煮つけた。

御剣が眠れなかったことは今日までなかった。疲れていなくても彼の身体は自然と眠りを欲しがった。愛情の喪失が睡眠の喪失にまで繋がるのは予想外だった。

しかし、結果としてはよし。あの、毎日変わることのない回想夢を見るくらいなら、眠れないほうがまだマシだった。

特に昨日のことはあまり思い出したくなかった。

もしかしたら眠れなかったのは今日だけで、明日には狡猾《こうかつ》な睡魔がやってくるのかもしれない。けれど御剣はなにも心配していなかった。

明日からずっと眠れないかもしれないことも。変わらず嫌な夢を見続けるかもしれないことも。

なぜなら。彼の予想が正しいなら、今日で全部終わるからだ。

御剣乃音《のおと》という矛盾は排されて、世界は概《おお》ね正しさを取り戻す。

「──きゃあっ！」

味けないアクリルの床を眺めながら階段を上っていると、ふいにだれかと頭がぶつかった。聞き覚えのある声がして、御剣は顔をあげた。

「いたあ……」

制服姿の真白《ましろ》が頭を押さえて蹲《うずくま》っていた。

部活の時間が急遽《きゆうきよ》早まり、彼女にしてはめずらしく慌てていたせいで注意が足りていなかった。

「ごめんなさい！」

真白は顔を上げて謝った。

二人の目が合った。

「あの、ホントにごめんなさい！　大丈夫ですか？　って、そんなわけないか！　えっと

「……」

「いや、大丈夫」

御剣に痛みはなかった。

訳知り顔のスクランブルが御剣の背中からちょこんと顔を覗《のぞ》かせる。

「それじゃあ」

御剣は彼女にかまうことなく階段を上る。悲しげにその後ろをスクランブルがついていく。

「……あ、あの！」

交差した階段で、真白は四段分低いところから声を放った。御剣の足が止まった。

「私、真白セツミっていいます！　高校生、ですよね？　私もなんです。だから、その、よかったら、仲良くしてください！」

初対面の異性にいったい自分はなにを言っているんだろう？　いつからこんな破廉恥《はれんち》ガールになってしまったのだろう？　ぐわんぐわん。ぐわんぐわん。真白の白い顔がみるみる赤くなっていった。

御剣の口元がほんの少し緩んだ。階段奥から差し込む朝日に呑《の》み込まれて消えそうな、儚《はかな》い微笑みだった。

「悪い。僕にはその気も資格もない」

いずれ恋へと繋がっていた少女の関心は取りつく島もなく断ち切られた。

「……し、しつれいしました！」

恥ずかしさに耐えきれなくなった真白は電光石火。二段飛ばしで階段を降りて駆けていった。

「……それでいーの？」

「これでいいんだ」

スクランブルにはもう、御剣がなにをしようとしているのか見当がついていた。ひとりになったあと、だれからも忘れ去られたあと、彼がなにをするか。

でもそのとき、自分がどうするのかはまだわからなかった。

結局昨日、真白に御剣のことを忘れさせるための命令に従ってしまった自分にいったいなにができるのか。なにをしていいのか。わからないまま彼女は階段を上り、御剣が開けた立てつけの悪いドアを閉めた。

「――おはよう」

アシンメトリーな銀色の髪を逆立てて、氷室棗《なつめ》は立っていた。黒色のオフネックと膝に穴を開けたダメージジーンズ。今日はいかにも彼らしい服装。

手の上で踊っているのは立方体。朝日を浴びて六面に七色を輝かせている。

「昨日の趣向は気に入ったか？」

「ああ。おかげで自分の矛盾に気づけたよ」

距離にして五メートル。互いの間を夏の風が通過した。

「氷室」

「なにさ」

「僕はおまえにいくつかきいておきたいことがあるんだ」

休日の喧噪《けんそう》は屋上まで届かない。二人の声は雲ひとつない静かな空によく抜けていった。

「人が過ちに気づいて溺れる瞬間を見たい――そのためにエキセントリックボックスの力を使っているとおまえは言った。じゃあ、昨日の僕はどうだった？」

「百点満点だったよ」

「そうか」

まるで他人事のように御剣は頷《うなず》く。

「今日のこの呼び出しも、僕を苦しめたいからなのか？」

「うーん……」

氷室は二本の指で額を三回叩《たた》く。彼が考え事をするときの癖だった。

「そうだけど、そうじゃない部分もある」

これで最後になるだろうしいいだろうと、氷室は語った。

「オレはあんたに憧れてるのさ」

人を助ける御剣と人を苦しめる氷室。互いは対極にある。そう感じた氷室は、隣の芝生《しばふ》の青さに惹《ひ》かれた。

「出発点は同じだったはずなんだ。ただ、あんたはとっかかりに人を助けて、オレはとっかかりに人を貶《おとし》めた。それだけ。進んだ一方通行の道が違っただけだ」

エキセントリックボックスを手にした時も場所も違う二人。当然差し出した要素の数も違う。

けれどたしかに二人とも、最初はだれかのために力を使っていた。

「オレは憧れた。自分と同じ人身御供《ひとみごくう》の存在を知って驚いて、そいつが自分とは違う壊れ方をしていて親しみが湧いた。親和性のあるヒーローさ」

「現代風だな」

「現代風さ」

一笑。

「あんたの生き方は、たぶんオレが目指した……けれど叶わない生き方だった。だからせめて近づいて、その影響でも受けられたらいいなと思ったよ」

そうして偶然二人は再開し、その溝が明らかになった。

「でも、あんたは不完全なヒーローだった。人助けをエゴだと言う。そこはまあよくよく考えれば捉《とら》え方の違いってだけだ。結果的には人を助けているんだからそれでいい」

氷室が許せなかったのは御剣の根本の部分だった。

「悪《あく》をのさばらせておく――そっちはだけど問題だ。行動としても悪を罰せず、考え方としても悪を許容している。そんなのは、オレの望んだヒーローじゃない」

「僕は初めからそんなのを名乗った覚えがないんだけどな」

「名乗る名乗らないは関係ない。あんたは御剣乃音だ。両親を守るために悪を倒し、両親に捨てられた孤独なヒーローだ」

そういう設定だった。

「オレはあんたにそういうヒーローであってほしいのさ。これから先も、ずっと。予告状でここへ呼び出したのは、そういう理由もあったりする」

「なるほど」

迷惑でかわいそうな話だと御剣は思う。

なぜなら、氷室の願いはなにひとつ叶わないから。

「ききたいことはそれだけだ」

「そうかい」

「あとは明かしておきたいことだけ」

「明かしておきたいこと？」

「ああ。理路整然としていないと、後々気持ち悪いだろう？」

なんのことかわからなかった氷室は言葉を待つ。

「なに、残った疑問を洗っておくだけだよ」

御剣は語る。氷室が言い残した矛盾について。

「僕は昨日まで、人を助けたいと思っていた。なのに極力人と会わないよう、家の中か防波堤の上で大抵の時間を過ごしていた。その理由だ」

「あー」

「僕は単純に潮騒《しおさい》が好きだったんだ」

「……それだけ？」

「ああ。防波堤だった理由はな。あとは家と同じだよ。あそこは人通りも少ない。あそこにいたら人と会わずに済む。だから僕は昼間、毎日あそこにいたんだ。夜は真白がよく家に来ていたから帰っていたけど」

人助けをしたいと思いながら御剣は人と会おうとしていなかった。

つまり、矛盾。御剣の中で既に解消された矛盾。その矛盾の答えを共有する。

「無意識に真白を助ける対象から除外していたように、僕は無意識の部分では、人を助けて自《みず》らの要素を差し出すことを嫌がっていたのかもしれない」

皆等しい価値として。真白にも他のだれかにも。本当は力を使いたくなかったのかもしれない。人と会って困っている姿を見ると助けずにはいられないから、人と会おうとしていなかったのだろう。

そう結論づけて。

「けれどもう、今はその矛盾もない」

御剣は晴れ晴れとした顔で言った。

「今の僕は本当に、ただ死ぬためだけに生きている」

芯のある言葉に一瞬怯《ひる》む氷室。

しかし今日は退《ひ》かない。

氷室もこの場所に、とある覚悟をして立っている。

「オレはあんたを死なせない。そしてあんたはオレの思い描いた通りのヒーローになる」

氷室は計画を開始する。

「昨日の一件で御剣乃音……あんたの価値基準は崩れた。自分を最小価値に置いておけなくなったあんたは、自分の願いを叶《かな》えるために真白セツミへ力を行使した。人を助けたいからじゃなく、自分の正しさを通すために力を行使した。つまり、もうあんたは人を助けたいって欲求を満たすために悪を放置する人間じゃなくなったってことさ」

「……それは、どうだろうな」

「あんたはもう正義の人だ。だからあとはその正義を矯正すればいい。前例をつくってやればいい」

手で踊っていたエキセントリックボックスがピタリと止まった。

「悪を廃絶できなくなったあんたに機会を与える。それでもう一度、勧善懲悪のヒーローは完成する！」

ここでなら、どんなに笑っても母親に叱られることはなかった。そしてそんなカッコ悪いことはこれから先もなくなるだろう。

「……あんたの大切なものってなんだと思う？」

「さあ？」

「二人の人間さ」

「二人？」

少し驚く。氷室が挙げるのはひとりだけだと御剣は思っていた。

「ひとりはあんたのことをこの世界で唯一覚えている人間。そしてもうひとりは……あんたのことを愛してくれた女だ」

「ああ……」

だれのことを指して言っているかはすぐに理解できた。

「知ってるか？　人っていうのは、相手から大事に思われなくなったからその相手のことも大事じゃなくなる、なんてことないんだぜ？」

氷室は語る。嬉々《きき》として。

「どれだけ冷たく当たっても、あんたはあの女を忘れられない。忘れられても、忘れられるわけがない。だからここであんたは不自由の二択を迫られるのさ。だれを生かして、だれを殺すか」

氷室は語る。嬉々として。

「命の取捨選択。それをしたら、あんたも悪に対して無関心じゃいられなくなるさ。だからここが分岐点だ。オレが、あんたが変わるポイントになってやる」

鋭角の微笑。退廃的な一瞬の脱力。

そしてついに、氷室は晴天高くへエキセントリックボックスを放り投げた。

「オレの願いを叶えろ！　エキセントリックボックスッ!!」

球形の太陽と四角い現象が重なって暗黒の閃光《せんこう》が世界を包んだ。

刹那《せつな》の日食を終え、立方体は人型へと展開する。腕が生え、足が伸び、首の上に顔ができる。水色髪の先端が華奢《きやしや》な肩の上で跳ね、下を向いた空色の瞳は物憂げに翳《かげ》る。

スクランブルと同じく衣服は七色以上に輝いて、服の中に暗黒を抱いた少女が宙に浮いていた。

「代償は悲しみですが？」

「ああ。そいつはもう、オレにいらないものだ」

即断。からの、即決。

「代償の追加要求」

「わかりました。追加の代償は睡眠ですが？」

「ああ。それでいい」

今の氷室に捨てられないものはない。

「……わかりました」

名前のない箱が降りてくる。物憂げな少女を真似《まね》て。

高いヒールがこつんと屋上の地面を叩いた。

「……歯ァ食いしばれよ」

「必要ありません」

氷室の右拳が少女の腹部に突き刺さる。

「っう……」

一声、漏れる喘《あえ》ぎ。

氷室は拳を離すまでずっと彼女を抱いていた。

そして、人身御供の瞳が栗色《くりいろ》から紫色に変わる。

二段式『神代《かみしろ》』の準備は完了した。

二つの代償を捧《ささ》げ、氷室棗は二分間の現象となる。

「さあ、救うものと零《こぼ》すものの数を数えよう」

内側へ向けた左手を頭上に掲げる。

その姿はまるで祈りのようだった。

二秒。風の摩擦がきこえる静寂。

――パチン。

氷室の指が音を鳴らした。

魔法に呪文はいらなかった。

屋上の真ん中に現れた二本の太い丸太。青空に木目を向けてセメントに突き刺さった丸太にはそれぞれ赤と青の縄が巻きつけられていた。

縄は北と南に高く、高く伸びていて、屋上の囲いをゆうに飛び出し、空を漂う三角形の凧《たこ》と繋《つな》がっていた。

太陽光を遮る巨大な和紙でできた凧には、二人の女が生贄《いけにえ》のように縄で縛りつけられていた。

上空五十メートル。真白セツミと夕凪《ゆうなぎ》アリスが空と海と街の真ん中に晒《さら》されていた。

落日《らくじつ》ストリートから昇った太陽が西の海に三角形の影を刻む。

ガン、と。片方の丸太をスニーカーで踏みつけて、氷室はいつの間にか担いでいた大きな金色の斧《おの》を見せびらかして言った。

「選ぶといい。赤と青、オレはいったいどっちの縄を切ればいいのか」

◆

赤い縄には真白が括《くく》られていた。

真白は考える。いったいなにをどう間違えれば横断歩道を渡って空に着くのか。

学校指定のフレアスカートが風に捲《まく》られ慌てて中を隠す。

「ひゅー！」

氷室がわざとらしく口笛を鳴らした。

「な、なんなのよ⁉　これ！」

真白は屋上の四人を見る。そこには見知った顔が二人。

「あ、あの！　あなたたちが私を攫《さら》ったんですか⁉　こんなとこに括りつけて、なにがしたいんですか⁉」

「まあ落ち着きなって少女。ヘクトパスカル的に耳が痛い」

すっかり取り乱して身を捩《よじ》る真白と比べ、青いほうの縄に括られた夕凪はいたって冷静なものだった。

「しかし眩《まぶ》しい。まったくこんなに晴れて……恥知らずな太陽だ。朝は眠るものだろうに」

目を細めながらふむふむと、視線を遠くの山々や海、下に広がる町並みへと配り、最後に見知った二人を確認。

夕凪は不健康さが滲《にじ》み出た顔つきでニィーッと笑った。

「つまり私たちは人質、ということかな？」

「あ、ああ。そういうことだ」

飲み込みの早さに若干気後れしつつ、氷室はそれをおくびにも出さないよう振る舞った。

「今からあんたら二人は選ばれるのさ。ここにいる男——御剣乃音によって。どっちを救って、どっちを見捨てるか」

「ど、どうして私がそんなことに付き合わなきゃいけないのよ⁉ 救うとか、見捨てるとか……見捨てる？ え……？ 見捨てるってどういう——」

「そりゃあ、見捨てられたら見送られて見下ろされるんじゃないか？ 真っ赤に割れた頭から出たいろいろを。ふっふっふっ」

夕凪はすっかり事態を理解しているようだった。そのうえで、籠《こも》った声で楽しそうに笑っている。

「そ、そんな！ なんで私なの⁉ 私はなんの関係もないのに！ なにも知らない人に、どうして私の人生を決められなくちゃいけないのよ！」

「あんたらにはそれだけの価値があるからさ」

「ふっふっふっ。そうかそうか。まったく、これはとんだ話に巻き込んでくれたな、隣人くん」

夕凪が笑い、真白は混乱し、氷室が場を正す。

「制限時間は一分だ。もうそんなにはないけど。時間がきたら、うちのエキセントリックボックスが教えてくれる。それまでに答えを出すんだな」

氷室は金色の斧をついて杖《つえ》代わりにもたれる。

斧のすぐ近くには自分を縛っている縄があって、真白は肝を冷やした。

「もっとも、選択肢はもうひとつある。そしてこれが一番平和的で正しい選択だ」

事態は氷室の思い通りに進んでいた。

「オレがこの斧を振り降ろすより先にオレを排除すればいい……っはは。排除なんて言葉じゃ伝わらないかもしれねーな。じゃあ言い換えよう」

立ち尽くす御剣に向かって救いの道が示される。

ひどく挑発的な物言いで、茨《いばら》の道が指差される。


「――――オレを殺せ。御剣乃音」


氷室は望む、自《みず》らの死を。そうして完成するヒーローの誕生を。

昨日までの御剣は悪に対して無頓着《むとんちゃく》だった。それどころか一定数の悪事を必要とさえしていた。

悪を許すなんて行いを、氷室の憧れたヒーローはしない。

だから御剣を追い込んだ。追い込んで、逃げ場をなくして、氷室棗という悪を成敗させるべく。

御剣乃音は氷室棗を殺さざるを得ない。

なぜなら、そうしないと大切なものを奪われ続けるから。

そして氷室を殺したとき、氷室が憧れた正義のヒーロー——勧善懲悪の御剣乃音は完成する。

床を踏み外して底なしの闇へと落ちていくように。人を救うことに躊躇《ためら》いのない御剣は、同様に悪を排除することにも躊躇いをなくす。

御剣乃音の価値基準はもう壊れている。大きな悪を潰《つぶ》して小さな悪を見逃すなんて器用な真似はできない。

だからきっかけさえあればよかった。

そしてそのきっかけに——取り除かれるべき最初の悪に自分がなることを氷室は躊躇《ちゆうちよ》しない。

彼もまた、最初にエキセントリックボックスの力を使ったときから壊れ続けている。

そんな彼を、彼のエキセントリックボックスは後ろで物憂げに見つめていた。

「ふっふっふっ。少年。わけは知らないが、ずいぶんと死に急ぐじゃないか。人生に絶望でもしてみたか？」

「うるさい。人質はもう黙っていい」

「そう言わずに喋《しゃべ》らせてくれ。二十年近く生きてきて、お姉さんはこんなに愉快になったことがないんだ」

深いクマの下に朱を刻み、夕凪は真下の地面を覗《のぞ》いて恍惚《こうこつ》とする。

「愉快？　強がりとかが効く次元にオレはいないつもりなんだがな」

「強がり？　いやいや、少年。私は本当に感謝しているんだ。ありがとう、少年」

高揚《こうよう》して上擦《うわず》った声で、夕凪は言った。

「おかげで私の夢が叶う」

有名になる努力をせずともいい。気に入らない絵をもう描かなくていい。

大空で生のしがらみから解き放たれた夕凪は、羽を広げた鳥よりも自由だった。

「……夢？」

「ああ、そうさ！」

夕凪の夢は究極の自己表現だった。

どんな技法を尽くしてもそれは適《かな》わなかった。

けれど有名になればそれは叶《かな》う手筈《てはず》だった。自分に注目が集まれば、それは自《おの》ずと叶うはずだった。

今までだれも夕凪のことを見ようとはしなかった。理解しようとはしなかった。

人生観と直結する夕凪の感性は、常人の目には毒であり、理解など到底及ばないところにあったから。

夕凪アリスは孤独だった。

だから有名になって、自分という存在を嫌でも目にする人間をつくるしかなかった。

しかしここには五人いる。自分のことを理解してくれかけた隣人がいる。

ならば芸術は残る。夕凪アリスという存在を最大級のパフォーマンスで表現できる。

『相手に永遠を残してやるのはたぶん、なかなかに気持ちいいぞ』

夕凪はだれかのどこかに、永遠の自分を刻んでみたかった。

そのために絵を描き、そのために生きていた。

けれどもうそれは必要ない。

今ここで、彼女の夢は叶う。

夢に殉じ、永遠に至る最高の自己表現が実る。

「——さあ隣人くん、彼女を救え！　そして私を見捨てろ！　それからちゃんとアスファルトを見てくれよ。そこに……私がいるっ‼」

夕凪アリスが抱《いだ》いた理想――究極の自己表現――それは、観測者のいる死。有名になってからどこぞの会見場に登壇し、観衆の目の前でスパンと動脈を切ってやるつもりだった夕凪。けれど自ら手を汚さずとも死は目前まで迫っていた。

――夕凪アリスが抱いた願いの成就《じょうじゅ》は目前まで迫っていた。

「あ、あんた！　死ぬのが怖くないっていうのか⁉」

「怖い？　そんな感情は初恋より前に捨てたさ」

赤い縄には当然のように死を忌避《きひ》する少女。

青い縄には当然のように死を迎合《げいごう》する壊れた女。

最初から上空の天秤《てんびん》は機能していなかった。

「……ふ、ふっざけんな！」

氷室の計画が狂った。

「死にたいなんて、エキセントリックボックスを持つやつ以外が思うかよ！」

「うるさいなあ。そんなものがあろうとなかろうと、人はそんなに変わらないんだよ。死にたいやつは死にたいし、逆もそうなんじゃないか？」

「エキセントリックボックスを持ってないあんたになにがわかるっていうんだ！　ずれる

しかなかった人間の気持ちがわかるもんか！」

「ああ、わからないさ。私は私の都合で生きて、死の直前──瞬間──直後──そこに永遠を見出《みいだ》しただけだ。今のこれは偶然利害が一致したに過ぎない。いや、この場合不一致か」

氷室から血の気が引いていく。命を賭《か》けてまで算段した作戦が瓦解《がかい》していく。最凶の悪者として華々しく散るために誂《あつら》えた舞台が、夕凪アリスというイレギュラーによって土台から解体されていく。

「ありえない……これじゃ作戦が……！」

衰退していく威勢を保とうと担いだ金色の斧《おの》は重たすぎて、糸で引っ張られるみたいに氷室はふらふらとよろめいた。

見かねた氷室のエキセントリックボックスと御剣が同時にため息を漏らす。

生温かいその息に込められた想いにはしかし、絶対的な違いがあった。

「……落ち着け、氷室」

感情を灯《とも》さない御剣の低い声が氷室の滑稽《こっけい》なダンスを止める。

「おまえにはまだ、おまえが優位でいられるセリフがあるはずだ」

事態は御剣の想定通りに展開していた。

「……あ、ああ。そうだった」

氷室はそのことに気づかない。より大きな闇の上で、自分がなおも踊らされ続けていることに気づかない。

「もしここでオレを逃がしたら、御剣乃音……あんたはずっとこうやって、オレに大事な繋《つな》がりを奪われ続ける。その連鎖を断ち切るには、やっぱりオレを殺すしかないんだ！」

それは氷室が計画の根幹に置いた構図。

自分と御剣——対になる二つの存在は、どちらかを抹殺《まっさつ》しない限り永遠にしのぎを削り合うという負の連鎖。

そもそもその考え方から既に間違っているということに、氷室はまだ気づくことができない。

「おい少年。その場合もしっかり私は殺していってくれよ？　そして見届けてくれよ？」

「ああもう！　あんたはちょっと黙ってろ！」

「黙ってなんかいられるか。私の人生のことなんだぞ。なあ、少女」

夕凪は屋上の面積分離れている真白に声を飛ばした。

「わ、私は、わかんないです……」

「ああ、そう」

残念そうにため息。

「ところで少女。キミはまさか彼に覚えがないのかい？」

額に影を落として佇《たたず》む御剣を顎《あご》で指す。

「……はい。今日初めて会いました」

「ああ、そう」

残念そうにため息。

「……でも」

「でも？」

「……わからないんです。わからないけど……」

歯をガチガチと震わせてこの状況を怖がりながら、しかし同時に恐怖以外の理由でずっと高鳴っている胸を押さえて、真白は想いを絞り出す。

「なんだか、この状況は堪《たま》らなく怖いのに、あの人にとって自分が大事な人だって言われて、わけがわからないのに……心のどこかで、とてもうれしがってるんです。それがまた、怖くって……！」

「……ふっふっふっ。そうかそうか」

夕凪は笑った。罪な男もいたものだと。自らの死を間近に控えながら。

「隣人くん。キミはやり直すといい。キミはまだやり直せるさ」

夕凪は笑った。ほんの少しの心残りを潔《いさぎよ》く諦めて。

「隣人さん」

と、御剣は彼女のほうを見上げて口を開いた。

その顔はとても清々《すがすが》しくて。なんの迷いも葛藤《かっとう》も抱えていなくて。白々しく吊《つ》り上げた口角からは吐き気を催すほど胸のすく気持ち悪さが滲《にじ》み出していた。

「その言葉、そのままお返ししますよ」

御剣は行動を開始する。

ここまでの状況は概《おおむ》ね、昨晩予想した通りだった。

御剣に人の心はちっともわからなかったが、壊れ物の行動原理は笑えるほど正確に想像できていた。

だから彼は壊れきった歪《いびつ》な微笑みを浮かべたのだった。

ニヒルに予想した結末をなぞって。

「……さて」

ずっと足にしがみついていたスクランブルの頭を軽く撫《な》でる。

その、いかにも優しげな仕草にスクランブルはビクリと身を強張《こわば》らせた。

「一分です」

氷室のエキセントリックボックスが、御剣に与えられたタイムリミットを告げる。

腹の底から壊れ物は笑って、最後の答えを口にした。

「――――さあ、僕を殺せ。スクランブル」

壊れ尽くした人身御供《ひとみごくう》は矛盾の完全消去に乗り出した。

◆

氷室の便箋を読んだ時点で舞台に夕凪が引っ張り出されることは予想がついていた。それをエサに氷室がなにか企《たくら》んでいることも。

予想外だったのは真白の登場。端から予想していなかったのは氷室の要求する内容について。

後者に関しては、内容を知らずとも要求の仕方さえわかってしまえば対処の方法はあった。そしてそれこそが最も簡単で、最も手早い消失の方法だった。

ここで御剣が『神代《かみしろ》』の力を使って自害すれば、夕凪も真白も御剣のことを忘れて生きることになる。エキセントリックボックスの辻褄《つじつま》合わせによって。

氷室のことは最初から計画のギミックとしてしか考えていない。早いか遅いか。いずれ氷室も自分と同じ道を辿《たど》るだろう。

同じ人身御供としてそう確信していたから、破滅が決定づけられた存在を気遣う必要などなかった。

事は全て御剣の手のひらの上で転がっていた。

そしてそれもここで終わり。完璧《かんぺき》な計画は最後にたったひとりの願いを叶《かな》えてファンタジーを集束させる。

御剣は自分の願いを叶えるため、自分のためだけに力を使う。

御剣乃音は御剣乃音を世界から消し去ることを望む。

「――――さあ、僕を殺せ。スクランブル」

絶対零度の声で非情の命令が下された。

「……ッ」

無力以上に悪質な自分の存在を呪うように、スクランブルは唇を噛《か》みしめた。

エキセントリックボックスは要素を代価に力を与える。

彼女は一度その関係を破ろうとした。

だが今回、スクランブルは御剣に逆らえない。

一度目が結局そうであったように。スクランブルが命令を拒んで立ち尽くせば、御剣は強引にでも自分に従わせようとする。

例えば昨日、スクランブルに容赦ない暴力を振るったように。その暴力を真白にも向けようとしたように。

今の御剣はこの状況を利用する気でいる。

実質、真白と夕凪を人質にとっているのは氷室ではない。御剣だ。

このままだと氷室は真白か夕凪——そのどちらかを殺す。そしてそれを止められるのは御剣だけ。

この場で最も強い支配力を持っているのは御剣だった。

その御剣が、スクランブルに言っているのだ。

『ここにいる人間を僕に殺させたくないのなら、おまえが僕を殺せ』と。

御剣は真白のことも夕凪のことも大切には思っていない。だれのことも大切には思っていない。それは真白を眠らせる命令をしたときからそうだ。

あるいはあの瞬間に、御剣の価値観と生き方は決定づけられてしまった。

そしてあのとき、スクランブルは御剣に真白を失わせたくないと思った。その思いは届かなかったけれど、今でも思い自体は変わっていない。

御剣がどう思っていようと、スクランブルにとって真白は、変わらず御剣にとって大切な人なのだ。夕凪も同じく。二人は御剣にとって、もう数少なくなってしまった繋がりだから。

御剣がどう思おうと、二人は御剣のことを大切に思っているから。思うはずだから。自分と同じように。

だからどちらも選べない。御剣のことを思うが故《ゆえ》に、どちらを彼が失うことも望めない。

愛情が、スクランブルを雁字《がんじ》搦《がら》めに縛りつける。

そんな棘《いばら》だらけの拘束から抜け出す方法はひとつ。

昨日、結局そうしたように。

結局スクランブルには、御剣の望みを叶えるために彼の命令に従う以外の選択肢は残されていなかった。

だれを見捨てても御剣が不幸になるこの状況で、御剣の願いを叶えることだけが御剣を幸せにする方法だった。

『エキセントリックボックスの力で、御剣乃音のために御剣乃音を殺す』

御剣が死ねば、少なくともそれを望んでいる御剣だけは幸せになれる。

「……なん、だと……!?」

氷室の計画はもうぐちゃぐちゃだった。

「……なんで、そうなるんだよ……!?」

金色の斧《おの》がガランといかにも重たい音をたてて地面でのたうった。

「ここであんたが死んでどうなるんだよ!?」

「矛盾が消える」

「矛盾がなんだ!?」

「僕らそのものだ」

御剣の決心は揺るがない。

揺れるだけの、心の体積がもう彼には残っていない。

「覚えておくといい。そしてもし可能なら、僕とは違う結論に辿《たど》り着けばいい」

人として十二年。そこから三年人身御供として生きて、御剣は悟った。

「エキセントリックボックスとか。人身御供とか。そんなファンタジーは結局だれかを狂わせるんだ。辻褄は、いくら合わせてもどこかで必ず綻《ほころ》びが生まれる。僕らという現象があり続ける限り」

これが御剣乃音の行き着いた結論。

「僕らは可及的速やかに消えるべきなんだ。せめて他人の現実は壊さないように」

それが御剣乃音の行き着いた結論。

「氷室。おまえも死にたいなら、だれかを理由にせずひとりで勝手に死ぬといい。後腐れのないように。それが正しい」

ペラペラと、本のページを捲《めく》って音読しているようなセリフに体温はなく、語る表情はもう、笑っているのか怒っているのか喜んでいるのか悲しんでいるのかだれにもわからなかった。

なにも感じないまま、御剣乃音は無の深淵《しんえん》そのものとなっていた。

「……一分、です……」

氷室の後ろで再度時間を告げたエキセントリックボックスの声は震えていた。怒りと憂いと、悲しみのようなものに蝕《むしば》まれて。

「………死にたいわけ、ないじゃないですか」

物憂げな表情のまま、感情がなにかも知らないまま、エキセントリックボックスは自身の内側から込み上げてくる〝なにか〟に身悶《みもだ》えしていた。小さな拳《こぶし》を握りしめ、空色の瞳で御剣のことを睨《にら》んでいた。

まるで自分が正しさの究極であるかのように語る人身御供に敵意のようなものを向けながら、同時に、強者が振りかざすその正しさに心を蹂躙《じゅうりん》されようとしている人身御供を憐むような視線で包んだ。

「氷室様は……この人は、あなたに自分を重ねていたんです。なりたくてもなれなかった自分を見ていたんです。それはもちろん、事実以上に美化して。でも、そんな美化した妄想を現実に近づけたくて……ちょっとでも、正しく在りたくて……死の先に希望を見て、死を選ぼうとしたんじゃないですか……！」

感情に乏しいエキセントリックボックスの声が詰まる。

涙のひとつも流せず、怒りの欠片《かけら》も表せず、震えるしかないエキセントリックボックスを目の前にして。

「……あ……うっ……」

スクランブルの心が揺れた。

金色に煌《きら》めくツインテール。モチモチの丸い顔。七色以上の光に染まったパーカーとフイッシュテールスカート。小学生一個分の、そんな箱。

そんな、少しだけ感情豊かな箱が、苦しみを苦しみとも判別できないまま悶《もだ》えている箱の代わりに涙を流した。

玉のように大きな金色の瞳を滲《にじ》ませて、スクランブルは玩具《おもちゃ》みたいな鼻を啜《すす》りながら泣いた。喉《のど》の奥からせり上がってくる声をそのまま出して泣いた。

「……わあああん!! うわあああぁぁああん!!」

透明な涙が太陽光を反射しながら落ちては弾ける。

まるで一滴一滴が少女のバラバラに砕かれた心の源みたいで。

大粒の雫《しずく》は絶えることなく。

ポタポタと。ポタポタと。

恐竜の叫びみたいな泣き声と一緒に溢《あふ》れ続けた。

「……どうして……あなたが泣くの？」

スクランブルは答えられない。

僅《わず》かな理性や自制心の箍《たが》は外れ、思っていることがそのまま脈絡のない言葉になる。

「ごめんなさあああい!!」

スクランブルは謝った。心の底から謝った。

「生まれてきて、ごめんなさあああああいい!!」

生きていることを。

存在していることを。

影響していることを。

自分がエキセントリックボックスであることを。

小さな少女は大きな声で謝った。

嫌いになどなれない相手から、一心同体の相手から、ずっと〝消えるべきだ〟と言われ続け、それでもなぜかこの世界に居続けている自分を呪いながら少女は泣いた。

「生きてて……ひっくっ……ごめっ、なさい……っ!! ごめんっ、なさい……っ!」

彼女の涙は、そこにいるだれの感情よりも純粋で、だれの心よりも綺麗《きれい》だった。

そして、心ある者の内側全部を揺らした。

御剣の頰《ほお》に一粒の水滴が伝う。

凪に乗った真白の涙だった。

感情は理解を超えて伝染し、真白セツミはわけもわからないまま込み上げてくる感情そのままを垂れた目尻から流した。

その瞬間、

「ッ……!」

御剣の、ない心が、軋《きし》む容量すらないはずの、心が軋んだ。

御剣には、スクランブルの涙がまるで、失《な》くした自分の要素が泣いているように見えた。

分裂したもうひとりの自分が涙を流しているように思えた。

心臓を押さえ、乱れる呼吸を統制し、途端に重くなった身体《からだ》で言葉を紡《つむ》ぐ。

「その苦しみも……もうすぐ終わる。おまえは、つまらない葛藤《かっとう》から解放される……！」

嘘《うそ》だった。

氷室と同じように、御剣はスクランブルをただの現象としか見ていなかった。

御剣乃音という矛盾を世界から消して、いわゆる正しい状態に戻したとして。

——そこにスクランブルの居場所はなかった。

「だから、早く……！」

だれのヒーローでもないわがままな少年は、まるで救いを求めるみたいに、少女に命令した。

「……早く僕を殺してくれ！」

御剣乃音の完璧《かんぺき》だったはずの計画は、彼の軋む心と連動してぐちゃぐちゃに壊れようとしていた。

そして。

「――ふっふっふっ」

上空五十メートル。身悶え程度しか許さない縄に縛られながら。

――夕凪アリスは世界をバカにするように笑った。

「まったくバカにしている。私が死ぬと言っているのに、なぜ隣人くんが死ぬという話になるんだ？」

ずいぶんと小さく見える人間たちを眺めて笑った。

「やれやれ。ふっふっ。まあ、そういうことなら、私も思い残しの解消に動くとしよう」

笑って、夕凪はわんわん泣き喚《わめ》く少女まで届くよう、大嫌いな大声を出した。

「おーい幼女！　私の縄をぶった切れ！」

スクランブルが北の空を見上げる。

真っ赤な髪を風に吹かれながら、夕凪が不健康な顔で不気味に喉を鳴らしていた。

「なんでもできるんだろう？　だったらこの縄をぶった切って私を助けろ！　自由にしろ！　さっきから盾《たて》だの矛《ほこ》だの言ってるそこの隣人くんにブレイクスルーって言葉を教えにいってやるから」

過呼吸に苛《さいな》まれる御剣がスクランブルの腕を摑《つか》む。握りしめる。未成熟な骨が折れるほど強く。死ぬまでは決して放すまいと。鬼気迫る表情で。

「……もう一度、言うぞ。僕を殺してくれ、スクランブル。それで、うまくいくんだ……全部！」

「散々隣人くんのお願いを叶《かな》えたんだろう？ あんなことやそんなことをして。だったら私の願いもひとつくらい叶えてくれよ。幼女！」

横と上の板挟み。

スクランブルはわんわん泣きながら困り果てて、謝るような声音で夕凪に言った。

「叶えられるのは、乃音のお願いだけなのー！」

「それはえっと、なんだっけ？ エキうんちゃらボックスとしてだろ？」

「う、うん」

「私はそんな覚えにくいもんに頼んじゃいない。幼女！ キミに口をきいてるんだ」

エキセントリックボックスの決まり事なんて関係ない。

『神代』なんてファンタジーにも用はない。

スクランブルというひとりの、ただの少女に答えは求められていた。

「……わた、し？」

スクランブルにはわからない。エキセントリックボックスとしての役割を隅に置いたときに残る〝自分〟のことが。

今まで個人として扱われたことなんてなかったから。

自分はただの現象で。いないほうがいい存在で。一人ではなく一個で。

……わからない。自分というものがわからなくて、スクランブルは途方に暮れる。

「わたしって……？」

「そこにたしかにいて、わんわんうるさい、私の嫌いな成長段階——幼女。キミのことだ」

普段コミュニケーションにエネルギーを割かない夕凪の声が早くも枯れる。だからここからは絞り出した。

「人間なんてものはさあ、みんなエゴイストなんだよ。だから、見返りを求めない人助けなんて偽善はこの上なく気持ち悪くきこえるんだ。だからさあ！」

擦《かす》れた声はそれでもまっすぐ、スクランブルまで届いた。

「幼女！　キミはキミのために、キミ自身の願いを叶えるべきだ。他人の幸せなんて知ったことか。他人が幸せになってもキミ自身はちっとも満たされやしないぞ。ひとりぼっちが加速するだけだぞ。取り残すより取り残されるほうが辛《つら》いに決まっている。キミはそれでいいのか？」

御剣とはずっと会えない。人身御供《ひとみごくう》を失った自分は、エキセントリックボックスとしても人間としても不完全なまま存在し続ける。

ずっと、いなくなった御剣のことを思ったまま。

「……や、やだっ！」

そんなのは、絶対に嫌だった。耐えられそうになかった。

御剣のいない世界に自分が生きている未来を想像できなかった。

――だって、私は乃音を愛しているから。

「だったら他のだれでもない――自分のために生きてみろよ、幼女！」

「……自分……自分……私……」

「もしその方法がわからないっていうのなら、私を助けるといい。私を助けても、そこで気持ちのいいことをくっちゃべっている隣人くんは助けない。でも――幼女。キミは私が助けてやる。ほかでもない私自身のために」

決して命乞いではない、つい先刻まで死を待ち望んでいた女の啖呵《たんか》だからこそ、それはきくに値するだけの意味を持った。

「……おい、スクランブル……」

御剣の手が、スクランブルの腕を握る力を少し弱めた。

心と身体が分裂していた。心ではスクランブルを決して放すまいと思っているのに、身体のほうは思いと反対の動きをしていた。

まるでもうひとりの御剣乃音が助けを求めているようだった。

「…………乃音…………」

流れ落ちるままだったスクランブルの涙が止まった。

エキセントリックボックスの第一欲求――人間味を得るため、契約した人身御供の願いを叶えること。

ひとりの少女としての願い――愛した人に生きていてほしい。

スクランブルにはどうしたらいいのかわからなかった。

既にエキセントリックボックスであることの条件から一度外れようとしたスクランブルも、結局最後はエキセントリックボックスとして使命を全うする。

――そのはずだった。

御剣は彼女をあくまでエキセントリックボックスとして見ていた。

人が須《すべか》らく生きようとするように、エキセントリックボックスは自《みずか》らの本能に従事すると。

結局最後は人身御供である自分に服従すると御剣は思っていた。そう願っていた。

「……わたし……わたしね……」

スクランブルは御剣の願いを叶えたかった。

——けれど、それ以上に生きていてほしかった。

幸せになってほしかった。

もう自分に要素なんて渡してほしくなかった。

これ以上不幸になってほしくなかった。

不幸すら感じなくなってほしくなかった。

でもなにが幸せでなにが不幸かなんて、人としてもエキセントリックボックスとしても不完全なスクランブルにはわからなかった。

——でも。もし、許されるのなら。

それがなにかわかるまでは。やっぱりスクランブルは御剣に生きていてほしかった。

その願いをわがままに叶えたかった。だれのためでもなく、自分自身のために。

人として願っていいなら。相手の事情とか願いを全部無視して、自分勝手に振る舞っていいなら。

スクランブルは——結末に悲しみが約束されたこの状況を変えたかった。

スクランブルはもう、泣きたくなかった。

「わたしは……こんなのやっぱり、やだっ!!」

――二分です。

そんな宣言と同時に消える。金色の斧《おの》が。二本の支柱が。赤と青の縄が。上空の大きな凧《たこ》が。

消える。最初からそこになにもなかったかのように。消えて。消失して。

落ちていく。縛するものを失って、真白と夕凪が共に五十メートル下まで落ちていく。

真白の悲鳴と同時に、スクランブルは御剣の腕を振りほどいた。

「えええええええーい!!」

そして、スクランブルは飛んだ。

弾丸より速く屋上を飛び出して真白を右腕に抱く。

「きゃっ!」

そのまま燕《つばめ》よりも器用に空中を旋回し、頭から落下していく夕凪を追った。

ツインテールを後頭部にしまって風の影響を減らし、足元の重力を蹴ってさらに加速する。

「わおっ!」

固いアスファルトを夕凪の赤い髪が撫《な》でた。

地面スレスレのところで夕凪を左腕に抱いたスクランブルは、アメコミのヒーローばり

の果敢さで二人を救出して屋上に戻ってきた。マントよろしくパーカーのフードをたなびかせて。

ストンと着地した彼女の顔にもう迷いはなかった。

涙と鼻水でベタベタになりながら、少女に似合いの満面の笑みで、だれもかれもの算段を台無しにした。

そうして彼女は彼女の願いを叶えた。御剣の言うことに背《そむ》いて御剣を救った。他のだれでもない自分自身のために。

不思議な箱の力を少し使って、じつに人間らしい感情で。スクランブルはその場にいた全員の命を救った。

「……へへっ」

スクランブルはこれからもっと幼女らしく、わがままに生きられる気がした。

◆

スクランブルは真白と夕凪を解放する。

真白は再度スクランブルを抱きしめた。

「およっ？」

強く、きつく、ずっと放さないくらいの勢いで。

「……大丈夫。あなたは生きてても、いいんだよ……」

白い服に涙と鼻水のシミができるのも構わずに。震えそうになる声をまっすぐにして。

真白はスクランブルの丸い頭を優しく撫でた。

昨日刺し殺そうとしたことなど都合よく忘れて。

「私はあなたに……生きててほしいって思う」

心と行動がちゃんと繫《つな》がっているとき、真白の声はいつだってとても優しい。

「………ふ、ふぇぇぇえん!!」

慣れない優しさに包まれて、スクランブルの表情はまたコロリと変わるのだった。

◆

「……っちくしょぉ……っ！」
奥歯をギリリと鳴らして、氷室棗はその場で崩れ落ちた。白い手が握りしめた土埃《つちぼこり》は
あっさりと風にさらわれていく。

「……うまくいくはずだったんだ……！　オレの犠牲で、ヒーローは完成するはずだったんだ……っ！」

叫んで吐き出したい敗北感を噛《か》み潰《つぶ》して氷室は震える。

そんな彼の隣で、吊《つ》り上《あが》った三角眉をなだらかにしてエキセントリックボックスは膝を折った。

横を抜けていく夕凪を一瞥《いちべつ》。向こうでいかにも人間らしく感情を発露させているもう一体のエキセントリックボックスを呆然《ぼうぜん》と眺めながら、彼女は物憂げに呟《つぶや》いた。

「二分です」

「………わぁーってるよ」

ため息。から、空気を吸う。

氷室はグシグシと悔し涙を拭い、いつものようにエキセントリックボックスのほうへ向いて唇を尖《とが》らせた。

悪者にしかなれない少年の顔はひくついていて、垂れそうな鼻水を隠すので今は精一杯のようだった。

本当にダメダメな人だと、エキセントリックボックスは思った。

強がりばかりで、弱い人。

虚勢を張るばかりで、威勢のない人。

「…………しょうがない人ですね」

——なぜ？　そう尋ねられるとエキセントリックボックスは咄嗟《とっさ》の言い訳に困る。

その動きは見様見真似《みようみまね》だったが、そもそもなぜ真似ようと思ったのか——その説明をうまくできそうになかった。

ぎこちなく氷室の肩を抱き、ポン、ポンと。細くて白い小さな手で、まるでなにかを確かめるみたいに、エキセントリックボックスは主の頭を撫でた。

その様子は宛《さなが》ら、頭のいい猫が恐る恐るガラスの破片に触れているようだった。

「ッ……！」

耳元で氷室の舌打ちと洟《はな》を啜《すす》る音がきこえる。

「……なんのつもりだよ？」

「わかりません。ただなんとなく、こうしたいと思いました」

「…………行動の理由も説明できないなんて。機械かよ、おまえは」

「……そうかもしれません。私には人の気持ちがまだわかりません。スクランブルの勝手な行動も理解できません。でも……どうしてでしょう？　氷室様の滑稽《こっけい》な噛《か》ませ犬っぷりを見ていたら、こうしたいと思ってしまいました。命令されてもいないのに」

「……バカにしてる？」

「いえ。少なくともバカにはしてません」

「どうだかな」

「氷室様」

「なにさ？」

「私は……あなたに死んでほしくないかもしれないです」

「要素をもらって人間に近づけないからか？」

「わかりません」

「……なんだよそれ」

氷室は不思議だった。

まだ代償を差し出してはいないのに。エキセントリックボックスは少しなにかが変わったように思えた。

「……成長とか、言うなよな」

勝手に、ひとりで、自然と。

幼い少女の姿をした彼女が大人びたように思えた。

人身御供《ひとみごくう》が変わったぶんだけエキセントリックボックスも変わる。

絶対だったはずの、そんなルールを破って。

◆

身の丈半分ほどしかない少女の支えを失って、御剣乃音は細く荒い息をしながら倒れていた。身体を小さく丸め、張り裂けそうになっている心臓を押さえる。

そんな死に体の前に立って、夕凪は彼を見下ろす。

世界にある憐みを全て押し留《とど》めたような切れ長の目。その下には人の業より深いクマ。

「いやー、しかしなんというか、客観的に見たキミの好感度とかは軒並み最低数値なんだろうね」

つい先程まで命を天秤《てんびん》で測られていたというのに、夕凪はいつもと変わらず無神経に毒を吐く。

そんな彼女に敬服して、御剣は力なく苦笑した。

「エスパーですか？」

「エスパーさ」

夕凪は不健康な笑みで答える。

「隣人くんのそういう苦しそうなところって、どうにも想像しづらかったから……なんだかそそるね」

「勘弁してください」

「そうやって私を見上げて。パンツでも覗《のぞ》いてるのかい？　いやらしい」

「ジャージじゃないですか」

「ふっふっふっ」

色気とは無縁の紺色。朝日を忘れていた肌がその下で艶《つや》めきながら光っている。

「まだ死にたいかい？」

「はい」

「そうか。私もだ」

夕凪は足についた砂粒を払う。そうして綺麗《きれい》になった白い足先で御剣の顎《あご》を軽く持ち上げた。

「自分という矛盾を消して関係を正しくする。とても潔《いさぎよ》くて気持ちのいい考え方だと私は思うよ」

「ありがとうございます。隣人さんにそう言ってもらえて、ちょっと呼吸が落ち着いてきた気がします」

「とはいえ、幼女を泣かせた時点で隣人くんは世界規模で大罪人だ。私は幼女が嫌いだからべつにいいんだけどね」

「……どうして？」

「だってうるさいじゃないか。いちいち」

夕凪は耳抜きをした。変声期前にあるキンキンとしたノイズを頭の中から放り出す。

御剣は足に顎を乗せられたまま、もう一度伝わるように尋ねた。

「隣人さんは、どうしてスクランブルにあんなことを言ったんですか？」

夕凪だけは死について肯定的だったはずなのに。そしてスクランブルのことが嫌いだったはずなのに。

夕凪はあの場でスクランブルに生を説き、自らが望んだ死を迎えるよりも彼女を救うことを選んだ。

その理由が御剣にはわからない。

「ん？　ああ。私は死ぬことでキミに永遠を残して気持ちよくなろうと思ったんだけどね。どうにも心残りがひとつあったんだ」

「心残り？」

「わかるかい？」

「わからないです」

やれやれと、夕凪は御剣の顔を高く上げる。

起き上がり、膝を丸めた御剣を見つめ、言う。

「キミだよ、隣人くん」

疑問符を浮かべる御剣の姿が鋭角の淀《よど》んだ目に映る。

回した足首の骨をポキポキと鳴らし、彼女は続けた。

「あれだけ気持ち悪かった隣人くんが、突然気持ちのいいことばかり言い出して。なんだか無性に腹が立ってね」

「……僕は……もう消えたいんです……」

「それだよ。まるで自分が、この世界が孕《はら》んだ歪《いびつ》の象徴みたいな顔をして。自分が消えれば全て正しくなると思い上がって。自分の正しさが正しさとしてまかり通ると思いやがって。例えば独占欲を伴う愛が聖愛になって、例えば死にしか意味を見出《みいだ》せない人間が生きる希望を持つと思っている」

「……はい」

「そんなのはさあ、全部隣人くんの思い込みなんだよ。隣人くんがいなくなってもだれかの感情は勝手に暴走してだれかを傷つけるし、例えば私は隣人くんなんかいてもいなくてもどうせ死に惹《ひ》かれるよ」

「……それでも、僕は異分子だ。僕はもう、本当にただのわがままだけど、だれにも影響を与えたくないんだ。僕のせいでだれかが変わるのが嫌なんだ。耐えられないんだ」

「だから変わらないって。わからないやつだなあ、隣人くんは」

「理解するだけの心がないですから」

「それにしてもだ。隣人くんは先入観の毛布でひとりぬくぬく気持ちいいんだろうね」

「……なにが言いたいんですか？」

「要素？　感情？　心？　それを失《な》くしたからなんだっていうんだ。失くしたなら、また作ればいいだけじゃないか」

御剣の実を伴わない言葉が止まった。

夕凪がそんな希望的な、前向きな言葉を浴びせてくるのが信じられなかった。

「失くしたから失くしっぱなし。あげたものは返ってこない。そんな物的取引をしているんじゃないんだろう？　これみよがしに芸術家アピールをさせてもらうと、絵と同じさ。絵の具は使ったらなくなるけど、絵に落とし込む感性は無限に湧《わ》いてくる。そのこととちゃんと向き合うかどうかなんじゃないのかい？」

「…………詭弁《きべん》ですよ」

そんなものは詭弁だ。実際に自分は要素を失くし続けている。スクランブルが人間らしくなるほど自分からは人間味が失われていく。

そう、御剣は思っていた。

自分の心が鈍くて重たいのはエキセントリックボックスの力を使ったせいなのだと。

「心がなくなるっていうのがどういう状態か把握するのはたしかに難しいね。でもさあ……本当に心がなくなったらさあ……ただの抜け殻になったらさあ……」

夕凪は言う。茫漠《ぼうばく》とした確信めいたものを携えて。

その一言は宛《さなが》ら真相の弾丸となって、御剣がしまいこんだ不感症の脳髄《のうずい》を打ち抜いた。

「隣人くんみたいに……つまり人間みたいに、他人が動いたら自分はどう動くべきか――そんな打算はできないいんじゃないかなあ？」

「――――!!」

御剣は氷室の行動を看破《かんぱ》していた。

壊れ物同士、思考を読むのは容易《たやす》いと。

――でも。夕凪の言う通りだ。

相手がこう動くから、自分はこうする。

そんな考え方はもう、それ自体が打算的だった。

最初に失ったはずの打算の要素が、御剣の行動には含まれていた。

「……そんな……そんなこと……！」

最小価値だから自分以外を大切にする。

自分を殺させるためにスクランブルの逃げ場をなくす。

打算だ。打算だった。

失ったはずの――エキセントリックボックスに格納されたはずの打算感情を、なぜか御剣はまだ持っていた。

「…………それでも、僕は……っ！」

認めるわけにはいかなかった。

認めたら、自分のした――普通なら許されないことまで認めなければいけない気がした。

エキセントリックボックスを使っても使わなくても関係ない。夕凪がそうであるように
――御剣乃音が〝元々こんな人間だった〟なんて、認めるわけにはいかなかった。

だからもう、それは逃げだった。

「ああもう！」

夕凪は御剣の顎を思い切り蹴り上げた。サッカー選手も見惚《みほ》れる鮮やかなフォームだった。

切れた唇から細い血が飛んだ。

晴天を目指した血は屋上の土埃《つちぼこり》と夕凪の白い足に落ちてそれらを赤く染めた。

「私の目から見て、隣人くんは隣人くんが思うほど変わっちゃいないの！　ただ、前までは物好きに人助けとかしそうな気持ち悪い人間だったのに、今は気持ちいい死に酔ってるだけ。で、私はどっちかというと気持ち悪い隣人くんのほうが本質だと思うよ」

死人を溶かしてしまいそうな朝の日差しから目を背《そむ》け、さめざめと陰に蹲《うずくま》る御剣に夕凪は言った。口角を伝う同じ痛みを吐き捨てるように。

「幼女との命を張った勝負に隣人くんは負けたんだ。もうひとりで勝手に消えるなんてことは許されない。ならとりあえず、生きたい理由でも見つければいいだろう」

「……そんなもの、僕にはもうないんですよ……」

「だったらひとまず与えてやるさ。幼女との、そういう約束だ」

夕凪が御剣の胸ぐらを摑《つか》んで強引にグイと顔を引き寄せる。

「……そんなの、いったいどうやって……」

「こうやってさ」

言うより早く、夕凪は御剣にキスをした。

スクランブルが背中を向けて泣き、真白が目を閉じて頭を撫《な》で、氷室とエキセントリックボックスが見詰め合っている隙に、彼女は不意打ちのキスをした。

互いの血と血が口の中で絡まり合う。

「…………」

永遠のような一瞬が、御剣の中になにかを吹き込んだ。

夕凪が唇を離したとき、御剣が苛《さいな》まれていた心の軋《きし》みはなくなっていた。

「…………どういうつもりですか？」

「……………どういうつもりだと思う？」

夕凪はこの上なくおかしそうに笑っていた。吊《つ》り上《あが》った目を細くして、口の端から垂れた血を服の袖で拭いながら。

「…………もしかして、好きなんですか？」

「大正解だ」

愛情を流し込まれて、彼女の気持ちを一方的に理解させられた瞬間、全ては決着した。

「私が特別に、キミの死ねない理由になってあげよう」

ほんの少し恥ずかしそうに泳がされた視線の方向に赤い髪が流れる。

「……いつから？」

「一目見た瞬間から」

御剣の〝閉ざされただけ〟だった心が不意打ちの告白によって氷解していく。

エキセントリックボックスに人身御供《ひとみごくう》──そんなファンタジーを吸い出されて、心の奥で三角座りした御剣乃音が次第に剝《む》き出しになっていく。

キミはそんなに変わっちゃいない──夕凪は御剣にそう言った。

だが夕凪はここ数日の御剣のことしか知らない。

たしかに数日では大きく変わらずとも、もっと長い目で見た場合、御剣乃音という人間の変わり方はやはり異常なのかもしれない。

現に真白はそのことを嘆いていたし、スクランブルもエキセントリックボックスである自分が変わったぶんだけ人身御供である御剣が変わると言っていた。

しかし実際、打算感情のようなものが残っているのも事実。

──どっちみち不安定で答えがわからないのなら、その答えが見つかるまでは、ひとまず生きてみるのも悪くないかもしれないと御剣は思うようにした。

「一目惚《ひとめぼ》れは十二歳までじゃなかったんですか？」

「私の少女性は十二歳で止まってるよ」

夕凪は照れ隠しで笑う。

「うれしいだろう？」

御剣もバレないよう口元を隠して密かに笑った。

「……タバコの匂いさえなければ」

とかくそういうわけで、御剣は間に合わせの生へと回帰することになった。

「うん。いいね。そのデリカシーのなさ、最高に気持ち悪い」

「べつにいいじゃないですか。だってどうせすぐに辻褄《つじつま》が合わせられて、隣人さんはこのことを忘れちゃうんですから」

『神代《かみしろ》』の力を見た真白と夕凪はこの場で起こったことを忘れさせられる。

自分たちが殺されかけたことも、もちろん愛の告白をしたことも。

「なんだって？　それはいけない」

二秒考えて。夕凪は名案を思いついた。勝手に頭の中を弄《いじ》られることへの対策を思いついた。

「私の全ては私のものだ。他のだれにもやらないぞ」

氷室がエキセントリックボックスに口づけをして代償を差し出す。

その瞬間。

——夕凪はもう一度、御剣とキスをしていた。今度はよりわかりやすい愛情の流し込み方をして。

舌と舌が重なり合い、エキセントリックボックスによって辻褄は合わせられる。

一連の騒動を忘れた夕凪は、もう一度目の前の御剣に一目惚れをした。

「……いきなりキスをするだなんて。まったく……隣人くんは気持ち悪いなあ」

そんなふうに、不健康だけどとても綺麗《きれい》な顔で笑いながら。

「私は死んでキミの永遠になりたかったのに……ったく。しょうがない」

夕凪は耳元で囁《ささや》いた。この上なく甘美で、仄暗《ほのぐら》い希望を宿した優しい言葉を。

「責任をとって、また私が死にたくなるまではとりあえず生きている理由になってもらうよ、隣人くん」

不思議な魅力のある人だなと、御剣は思った。

エピローグ

欠けた月をぼんやり見上げながら、御剣《みつるぎ》はあれからのことを考えていた。

――あれから。

氷室《ひむろ》は「覚えてやがれ！」とテンプレートな捨て台詞《ぜりふ》を残して帰っていった。普通に階段を使って。立方体へと戻ったエキセントリックボックスを握りしめながら。

どうやら氷室はまだ御剣に対しての執着を抱えたままらしかった。

一度理想化したヒーロー像を根本から覆すつもりはないようだ。

どれだけ壊れてみせても、どうあっても、御剣乃音《のおと》という人間は氷室にとって自分がなれなかった存在で、憧れなのだろう。

「……迷惑な話だ」

群青色に染まった空で瞬《またた》く小粒な星が、氷室の邪魔っけある微笑に思えた。

真白《ましろ》は御剣のことを思い出せないままだった。

それはしかたのないことだし、それでよかったのだと御剣は思う。

キイィ、と。下のほうで自転車の止まる音がする。ちょうど真白が部活から帰ってきたところだった。

真白は自分を見下ろしている御剣には気づかず、充実した疲労感を抱えてマンションの中へと入っていった。彼女のそんな顔を御剣はずいぶん久しぶりに見た気がした。

「……真白」

御剣は感づいていた。

自分と付き合っていた頃の真白が、よく部活を早抜けしたりサボッたりしていたことを。

その理由がいったいだれにあるか、わからないフリをしていただけだ。

御剣は愛されていることに甘えていた。

自分というものをあらためて整理してみれば、そこにも打算めいた感情はあった。

いろんなことに対して、自分は見えているのに見えていないフリをしていただけなのだ。と、これは夕凪《ゆうなぎ》からの言葉である。

だから互いの関係はいずれ切るべきだったのだと御剣は思う。ただそれはやっぱり御剣の勝手で思いやりのない一方的な見解で。真白が御剣のことを覚えていたなら、どんな理由を並べても決してそれを受け入れはしなかっただろう。

スクランブルを殺してでも繋《つな》がりを保ち続けようとしたように。

真白セツミは思い出を忘れた今でも御剣乃音のことを微《かす》かに愛している。まったく罪な男だ。と、やはりこれも夕凪からの言葉である。

これからなにかのきっかけで、また真白と御剣は近づくことがあるのかもしれない。

「そのとき僕は……どうするんだろう？」

翼を生やした鉄板は相変わらず夏の夜空を台無しにして飛んでいる。


スクランブルはぐーすかぴーだった。

どうやら人型であり続けるのはそれなりに体力を消耗することらしい。体力といっても人身御供から授《さず》かった疲労感とは繋がらない。

エキセントリックボックスはエキセントリックボックスとしての概念で体力を消耗し、眠くなる。つまり箱型へと戻りたくなる。だからそれは疲労を知らない氷室の箱も例外ではない。

屋上から下りて部屋へと戻ってきたスクランブルは、すぐにベッドの上で四角くなって静かになった。

ただその前に一言だけ、眠い目をこすりながら確固とした意志をもって宣言した。

『もう乃音に力はあーげない！』と。

そうなると、彼女とのこれからの付き合い方を考えなければいけなかった。

御剣はもう『神代《かみしろ》』の力を使えない。自《みずか》らを構成する要素を差し出せない。諸々が欠落したまま生き続けるできそこないの人間になる。

スクランブルもただの奇妙な箱になる。人として話もできる、小学生みたいな箱。あるいは箱みたいな小学生。

——女子小学生と同じ屋根の下で暮らす。

これはいろいろとマズイ気がした。

「やっぱり幼女趣味か。がっかりだよ、隣人くん」

柵を挟んで隣には、いつの間にか夕凪の姿があった。

いつものジャージ。いつものクマ。いつもの死んだ魚のような目。でもいつもよりどこか楽しげに見える彼女の頬《ほお》にはオレンジ色の絵の具が。

「ついてますよ」

自分の頬をつついて教えてやる御剣。

「んー？　なにが？」

しかたなく端まで寄って手招き。身を翻《ひるがえ》して近くまできた夕凪の頬を指で拭った。

まだついて間もない塗料が夕凪の頬で横に伸びた。

「あっ」

自分の指と夕凪の顔とを交互に見やる御剣を見て、夕凪はわざとらしく顔をしかめた。

「……すいません」

「いいさ。共有するものはあったほうがいい。それが汚れでもね」

ふっふっふっ、と彼女は喉《のど》を鳴らして笑う。

「絵、できたんですか？」

「ああ。ちょうど塗り直しが終わったところだよ」

――あれから。

夕凪は何事もなかったような顔をして自分の部屋まで戻り、一心不乱で作業に没頭した。

今なら少しはマシな絵が描けそうな気がする。そんなふうに思ったから。

「隣人さんのジャージって作業着だったんですね」

「いいや。絵を描くときは全裸だよ？」

平然と夕凪は言う。彼女の手にいつものタバコはなかった。

「冗談ですか？」

「冗談だと思うかい？」

沈黙が降りる。

「あ、なんだよそれ。もう、隣人くんはエッチだなあ」

「なにがですか？」

「赤くなってるよ？」

「月のせいですよ」

「気持ち悪いなあ、まったく」

夕凪は楽しそうに笑っていた。

一方の御剣は申し訳なさそうに視線を落とす。

「……隣人さんはああ言ってくれましたけど、僕にはやっぱりもう、好きとかそういうのがわからないんです」

気づけていなかった矛盾に気づけたから、もうまるっきり修復がきかないくらいに自分の心が砕け散っているとは考えないけれど。

好きとはなんなのか。自分は果たして今、夕凪のことが好きなのか。昔の自分はどうだったのか。まだ御剣にはわからなかったし、思い出せなかった。

「そんなもの、私だって今まで一度も理解したことがない」

夕凪は赤く腫《は》れた右足を柵の向こうへ投げ出した。

夜の闇と遠くで光る淡い街灯の間で、細い足が浮かれた軌跡を描く。

「でもまあ、一緒に死んでおくなら隣人くんとがいいなあと思ってるよ」

「なんですかそれ」

「私なりの愛情表現だよ」

「好きがなにかもわからないのに？」

「好きじゃなくても愛せるさ」

「足の腫れ、治しましょうか？」

「けっこうだ。治すなら隣人くんの粉砕した顎のほうを治すといい」

「砕けてたら喋《しゃべ》れませんよ。言えばなんでも事実になるわけじゃないですからね？」

どこまでが本気で、どこからが冗談なのか。

御剣にはまだ夕凪のことがよくわからない。

「なあ、隣人くん」

「なんですか？」

夕凪はぼんやり遠くを眺めながら、額に儚《はかな》い影を落として呟《つぶや》いた。

「……私と一緒に死んでくれるかい？」

御剣の深いため息が夜の向こうに消えていく。

「いやですよ」

そうして二人——月を見上げて、僕はまた勝手に助けますよ」

「隣人さんが死のうとしたら、僕はまた勝手に助けますよ」

「ふっふっふっ。隣人くんに助けられた覚えなんてないよ」

彼と彼女の距離感で紡《つむ》がれる言葉は、まるで全てが泡沫《うたかた》のようで。

「まったく本当に、私もキミも……気持ち悪いなあ」

満月よりも欠けた月のほうが、二人は安心して見ていることができた。

そこにほんの少し、自分を重ねてみたりして。


夕凪の部屋には、構図を崩して汚くなった一枚の絵があった。

頼りない月光に照らされて、不安定な闇の中で咲いた一本の白い花。いくつかの花弁を闇に落とし、風が吹いただけで簡単に折れて飛んでいってしまいそうな花。いつ枯れるかも、そもそも枯れるまで咲けるかもわからない脆弱《ぜいじゃく》な一本。

昨日の清潔で綺麗《きれい》なだけの絵より、その絵のほうがずっと夕凪には魅力的で誠実な一枚に思えた。

隣の部屋からスクランブルの声がした。

あとがき

幼少の時分《じぶん》。僕は二つの妄想《もうそう》に取り憑《つ》かれていました。

「じつは自分以外の人間はみんな宇宙人なんじゃないか」というものと「じつは僕はライフル銃を持ったスナイパーに命を狙《ねら》われているんじゃないか」というものです。

だからいかにも作り物めいた笑顔を向けられる度に後ずさりをしたし、外に出るときはなるべく後頭部を建造物の壁に向けて周囲を睨《にら》みながら歩いていました。

それが妄想であることを周囲に説《と》かれ、少しずつ他人と同じ景色《けしき》に目を向けられるようになり、やがて僕は世界を睨みつけて生きるのをやめました。

受け入れた現実は、地に足が着かない空想よりよっぽど安全で。確かで。信頼できて。にも拘《かか》わらず、なぜだかふいに、世界が以前よりも色褪《いろあ》せて――退廃《たいはい》して見えたのは、今にして思えば正しかったような気もします。

眉間《みけん》にシワを寄せるのをやめた瞬間、たぶんそれまで特別だったものが失《うしな》われたのです。

消え去ったのが自分の中にあった特別性なのか、それとも世界がモスキート音のように限られた人間にだけ発信していた怪電波なのかはわからないけれど、周囲の圧力と、そして最終的には僕自身の決断によって、現実は少しだけつまらないものに成り果てました。

そういうことの連続で、徐々に自分の中にある境界線みたいなものを溶《と》かし、ぼかしていった今の僕にはもう「朝」と「昼」に時間以上の違いを見出《みいだ》すことはできなくて。僕という人間をゆっくりと飼《か》い馴《な》らし、飼い殺そうとする「現実」だとか「世界」だとかいう名前の主人に対するせめてもの抵抗としてやっているのが「もしあのとき地上に降り立つのをやめていたら……」という類《たぐい》の妄想なわけです。

危険で病執的な空想から望んで身を引いたはずなのに、いつの間にかまたあの頃に戻りたがっているのです。宇宙人もいなければライフル銃も転がっていない平らな地面から宙《そら》を見上げて、宇宙人やライフル銃に見えるものを探しているわけです。まるで流れ星や星座を探すみたいに。

たとえばそういう理由で、この物語はできあがったような気がします。

だから似たような経験をしたり思ったことがある人にはきっとなにかしら感じてもらうことができるだろうし、順序立てた説明は省《はぶ》きますが、おそらく「自分が抱《かか》えている孤独に自覚的な人」にも届くものはあると思います。あとは本文より先にどれどれと目を通してみたあとがきをこの行まで粘り強く追ってくれている人にも。

僕なりにライトノベルを書いたつもりです。エンタテインメントなお話です。
あんまり身構えないで、楽しんでもらえるといいな。
昔は特別だった人にも。
今、特別を探している人にも。
特別なものに覚えなんてない人にも。
この物語が少しでも長く残留してくれればうれしいです。

零《ぜろ》真《ま》似《に》

まるで人《ひと》だな、ルーシー

著　零真似《ぜろまに》

角川スニーカー文庫　20185

2017年2月1日　初版発行

発行者　三坂泰二

発　行　株式会社KADOKAWA
〒102-8177 東京都千代田区富士見2-13-3
電話　0570-002-301（カスタマーサポート・ナビダイヤル）
受付時間　9:00〜17:00（土日 祝日 年末年始を除く）
http://www.kadokawa.co.jp/

印刷所　株式会社暁印刷
製本所　株式会社ビルディング・ブックセンター

Printed in Japan　ISBN 978-4-04-105288-4　C0193

★ご意見、ご感想をお送りください★

〒102-8078 東京都千代田区富士見 1-8-19
株式会社KADOKAWA　角川スニーカー文庫編集部気付
「零真似」先生
「ゆきさめ」先生

角川文庫発刊に際して

角　川　源　義

第二次世界大戦の敗北は、軍事力の敗北であった以上に、私たちの若い文化力の敗退であった。私たちの文化が戦争に対して如何に無力であり、単なるあだ花に過ぎなかったかを、私たちは身を以て体験し痛感した。西洋近代文化の摂取にとって、明治以後八十年の歳月は決して短かすぎたとは言えない。にもかかわらず、近代文化の伝統を確立し、自由な批判と柔軟な良識に富む文化層として自らを形成することに私たちは失敗して来た。そしてこれは、各層への文化の普及滲透を任務とする出版人の責任でもあった。

一九四五年以来、私たちは再び振出しに戻り、第一歩から踏み出すことを余儀なくされた。これは大きな不幸ではあるが、反面、これまでの混沌・未熟・歪曲の中にあった我が国の文化に秩序と確たる基礎を齎らすためには絶好の機会でもある。角川書店は、このような祖国の文化的危機にあたり、微力をも顧みず再建の礎石たるべき抱負と決意とをもって出発したが、ここに創立以来の念願を果すべく角川文庫を発刊する。これまで刊行されたあらゆる全集叢書文庫類の長所と短所とを検討し、古今東西の不朽の典籍を、良心的編集のもとに、廉価に、そして書架にふさわしい美本として、多くのひとびとに提供しようとする。しかし私たちは徒らに百科全書的な知識のジレッタントを作ることを目的とせず、あくまで祖国の文化に秩序と再建への道を示し、この文庫を角川書店の栄ある事業として、今後永久に継続発展せしめ、学芸と教養との殿堂として大成せんことを期したい。多くの読書子の愛情ある忠言と支持とによって、この希望と抱負とを完遂せしめられんことを願う。

一九四九年五月三日

終末なにしてますか？
忙しいですか？
救ってもらっていいですか？
Akira Kareno
枯野瑛
illustration ue
使い捨ての少女兵たちと、
時代遅れな雇われ教官の、
儚くも輝ける日常。
シリーズ絶賛発売中!
ヒトは規格外の《獣》に蹂躙され、滅びた。たったひとり、数百年の眠りから覚めた青年ヴィレムを除いて。ヒトに代わって《獣》と戦うのは、死にゆく定めの少女妖精たち。青年教官と少女兵の、儚くも輝ける日々。
スニーカー文庫

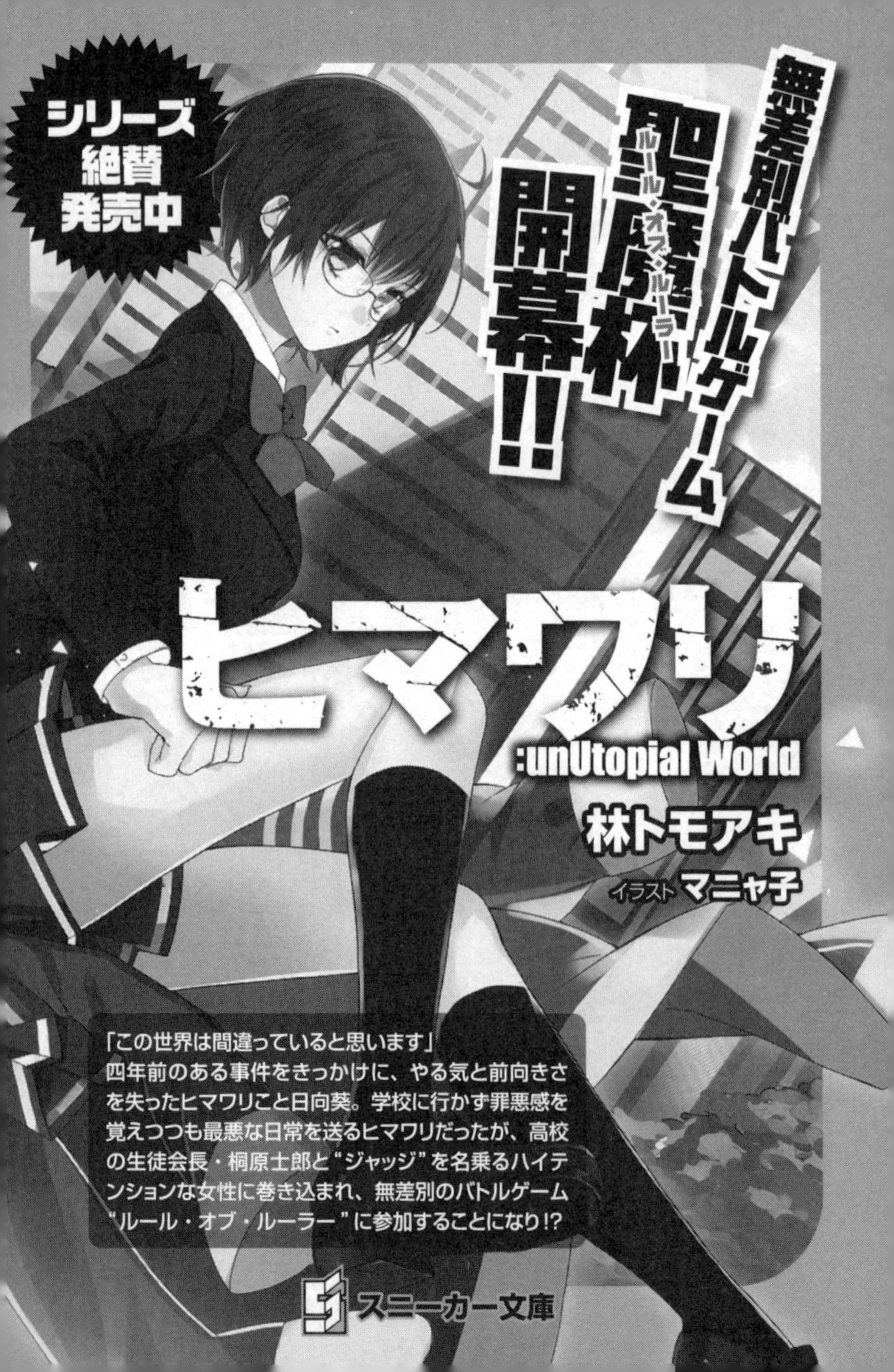

シリーズ
絶賛
発売中
無差別バトルゲーム
聖魔裁《ルール・オブ・ルーラー》
開幕!!
ヒマワリ
:unUtopial World
林トモアキ
イラスト マニャ子
「この世界は間違っていると思います」
四年前のある事件をきっかけに、やる気と前向きさを失ったヒマワリこと日向葵。学校に行かず罪悪感を覚えつつも最悪な日常を送るヒマワリだったが、高校の生徒会長・桐原士郎と“ジャッジ”を名乗るハイテンションな女性に巻き込まれ、無差別のバトルゲーム“ルール・オブ・ルーラー”に参加することになり!?
スニーカー文庫

この素晴らしい世界に祝福を！
「小説家になろう」で話題沸騰の異世界コメディがついに書籍化！
暁なつめ
illustration
三嶋くろね
シリーズ絶賛発売中！
ゲームを愛する引き篭もり少年・佐藤和真は女神を道連れに異世界転生。ここからカズマの異世界大冒険が始まる……と思いきや、衣食住を得るための労働が始まる。平穏に暮らしたいカズマだが、女神が次々に問題を起こし、ついには魔王軍に目をつけられ!?
スニーカー文庫

イラスト／三嶋くろね 「この素晴らしい世界に祝福を!」